Moacyr Scliar

O tio que flutuava

Ilustrações
Robson Araújo

O tio que flutuava
© Moacyr Scliar, 2002

Diretor editorial	Fernando Paixão
Editoras	Carmen Lucia Campos
	Claudia Morales
Editor assistente	Fabricio Waltrick
Redação	Baby Siqueira Abrão (Apresentação)
	Jurema Aprile (seção "Quero mais")
Coordenadora de revisão	Ivany Picasso Batista
ARTE	
Projeto gráfico	Marcos Lisboa, Suzana Laub,
	Katia Harumi Terasaka, Roberto Yanez
Editora	Suzana Laub
Editor assistente	Antonio Paulos
Pesquisa iconográfica	Odete Ernestina Pereira
Editoração eletrônica	Divina Rocha Corte, Moacir Matsusaki,
	Eduardo Rodrigues
Edição eletrônica de imagens	Cesar Wolf

CIP-BRASIL. CATALOGAÇÃO NA FONTE
SINDICATO NACIONAL DOS EDITORES DE LIVROS, RJ

S434t

Scliar, Moacyr, 1937-2011
 O tio que flutuava / Moacir Scliar ; Ilustrações Robson
Araújo. - 1. ed. - São Paulo : Ática, 2002.
 88p. : il. - (Quero ler)

 Apêndice
 Contém suplemento de atividades
 ISBN 978-85-08-08269-8

 1. Novela infantojuvenil brasileira. I. Araújo, Robson. II.
Título. III. Série.

09-4349.   CDD: 028.5
                                  CDU: 087.5

ISBN 978 85 08 08269-8 (aluno)
ISBN 978 85 08 08270-4 (professor)

2021
1ª edição
10ª impressão
Impressão e acabamento: Forma Certa

Todos os direitos reservados pela Editora Ática, 2002
Av. Otaviano Alves de Lima, 4400 – CEP 02909-900 – São Paulo, SP
Atendimento ao cliente: 4003-3061 – atendimento@atica.com.br
www.atica.com.br

IMPORTANTE: Ao comprar um livro, você remunera e reconhece o trabalho do autor e o de muitos outros profissionais envolvidos na produção editorial e na comercialização das obras: editores, revisores, diagramadores, ilustradores, gráficos, divulgadores, distribuidores, livreiros, entre outros. Ajude-nos a combater a cópia ilegal! Ela gera desemprego, prejudica a difusão da cultura e encarece os livros que você compra.

Tirando o pé do chão

Imagine a seguinte situação: você é um garoto de catorze anos, tímido e que nunca saiu de sua cidade. De repente, você precisa viajar para longe, sozinho, e resolver um problema urgente que ninguém sabe qual é. Que embrulhada, hein?

Pois foi exatamente o que aconteceu com Marcos. Obrigado a andar de ônibus a noite inteira, foi parar numa cidade que não conhecia para ajudar uma tia com quem pouco convivia. O pior é que, ao chegar lá, ele descobriu que o tal problema era muito esquisito: seu tio estava flutuando. Isso mesmo! Em vez de andar no chão, o tio agora vivia junto do teto. Leve como um balão. E sem nenhuma explicação para isso.

Você acha que Marcos conseguiu resolver essa trapalhada? Certamente sua missão seria mais fácil se ele não tivesse encontrado um espião pelo caminho. Sorte dele que, em meio a tanta confusão, coisas boas aconteceram, como a descoberta de um grande amor.

E o livro não acaba aí: no final você encontra informações sobre o autor dessa história, o gaúcho Moacyr Scliar, além de curiosidades sobre outros assuntos do livro.

Sumário

O tio que flutuava | 7

Quero mais | 81

*"Por mar e por terra
nem sempre se pode escapar;
mas o ar e o céu
estão sempre livres."*

Apollodorus
A lenda de Ícaro

"Quem quer viver, faz mágica."

Guimarães Rosa

    Os adultos não têm imaginação, você disse. Você estava zangado comigo, já não lembro exatamente por quê – afinal, os filhos se zangam tão frequentemente com os pais, e por tantas e tão diversas razões, não é mesmo? Talvez eu nem devesse dar importância ao fato. Aliás, foi o que sua mãe disse: não dê importância, amanhã está tudo esquecido.

    Mas a verdade é que não esqueci. Seu comentário (ou acusação) mexeu comigo. Fiquei pensando no que você me disse e me perguntando: Será que você tem razão? Você está com catorze anos; é uma idade de contestação. Mas a contestação nunca é inteiramente gratuita; muitas vezes as palavras rudes ocultam verdades incômodas. Fiquei me perguntando se realmente não tenho imaginação; se sou quadrado, careta. Se renunciei aos sonhos (ou aos devaneios) de minha juventude.

    Considerei-me desafiado. Um desafio que recebi com carinho, orgulho, e – por que não dizer? – até mesmo uma nostálgica inveja. Como você, eu também reclamei todo o poder para a imaginação; como você, eu vivi essa verdadeira erupção de emoções que é a adolescência.

E então resolvi responder ao desafio com aquilo que sei fazer (ou penso que sei fazer): com uma história.

Resolvi te contar de um primeiro amor. Do meu primeiro amor. Não, não se trata de tua mãe; nem de pessoa alguma que conheças. De modo que você terá de deduzir – e este é o *meu* desafio – o que é real e o que é fantasioso. (Difícil: em se tratando de amor, não há fronteira nítida entre a realidade e a fantasia. O amor estimula a imaginação, a imaginação fornece gentil suporte para o amor. Amor e imaginação, juntos, podem tudo. Ou quase tudo.)

Esta é uma história de primavera. É um lugar-comum associar o amor à primavera, mas aqui não se trata disso. Trata-se do vento.

Aqui no Sul, você sabe, o clima é regulado pelas massas polares que nos chegam das planícies da Patagônia, desolado lugar em que muitos dos exploradores deixaram suas ilusões. No inverno, vem de lá um cruel vento que nos enregela até os ossos; no verão, pelo contrário, não vem vento algum – e aí sufocamos na atmosfera quente, úmida, abafada. Mas a primavera nos traz, com cordiais saudações, um ventinho leve, amável, que arrebata chapéus e desalinha os cabelos das senhoras elegantes.

Como eu disse, foi na primavera que tudo começou. Em outubro daquele ano, minha tia Clara notou que seu marido, Isaías, deslocava-se mais rapidamente do que seu moroso passo habitualmente permitiria. A princípio ela não deu muita importância ao fato e até ficou satisfeita;

mulher enérgica, ativa, gostava de caminhar depressa. Acho, porém, que se mirasse cuidadosamente o esposo, de cima a baixo, talvez notasse que as solas de seus sapatos já não tocavam o solo. Em outras palavras, que meu tio flutuava no ar. E que a rapidez com que agora deslizava pelas ruas devia-se, nada mais, nada menos, ao sopro do vento da primavera. Meu tio sempre foi um homem magrinho. Fácil de conduzir.

Apoio minha hipótese numa foto tirada justamente em outubro, uma foto que titia nos mandou – com a data, mas sem dedicatória; muito afetuosa ela não era. Nessa foto noto que meu tio, que habitualmente mal chegava ao poderoso ombro de sua consorte, agora ultrapassava-o de uns dois centímetros. Poder-se-ia atribuir o fato a esses desníveis de terreno que às vezes favorecem os de baixa estatura, ao menos nas fotos; mas, de novo, estou convencido que à época o titio já flutuava. De qualquer modo minha tia não chegou a notar nada. Foi preciso, como sói acontecer nesses casos, que a situação chegasse a um extremo.

Uma manhã, titia (isso ela contou depois; depois que tudo já tinha passado) acordou e, tateando a cama, não encontrou o marido a seu lado. Olhos ainda fechados, chamou por ele:

– Isaías, você está no banheiro?

– Não – foi a resposta. – Estou aqui.

A voz vinha de cima. Abrindo os olhos, tia Clara viu o marido, Isaías, que durante tantos anos acordara com ela naquela mesma cama, numa situação diferente: no ar, de encontro ao teto.

– O que é que você está fazendo aí? – ela indagou. Uma pergunta absurda, mas inteiramente justificada pelo inusitado da situação.

– Não sei, Clara. Quando vi, estava aqui.

Ela esfregou os olhos, pensando que estivesse sonhando. Não estava. O marido falava-lhe, mesmo, do teto.

– Você está querendo me dizer que não subiu até aí?

– Não, Clara. Eu não subi. Eu vim parar aqui, não sei como.

Ela atirou o cobertor para um lado, saltou da cama.

– Isaías – intimou, num tom que não admitia contestação –, estou muito velha para essas brincadeiras. Desça já daí.

Ele mexeu-se, inquieto. (Mexer-se ele podia, notou ela, o que a deixou ainda mais perplexa – e irritada.)

– É que... Não posso, Clara.

– Como, não pode? Quem sobe, tem de descer. Você sabe disso. Desça daí.

– Não posso – repetiu ele, tristonho. – Já tentei, mas não consegui. Você acha que estou aqui porque gosto? Por mim estaria tomando café com você.

Ela dispôs-se a examinar a situação. Com grande esforço, subiu numa cadeira para ver melhor como era aquela coisa.

– Você não está se segurando no fio da lâmpada?

Meu tio sacudiu os braços:

– Não. Olha aqui: é sem as mãos.

A essa altura, minha tia já estava ficando francamente alarmada. Mas, decidida a não se deixar dominar pelo pânico, foi buscar a comprida vassoura que usava para tirar

as teias de aranha do teto (era, diga-se de passagem, muito alto, como o são em geral os tetos das casas antigas), e com ela cutucou meu tio.

– O que é que você está fazendo? – perguntou ele, irritado.

– Estou vendo se tiro você daí, Isaías. Tenha um pouco de paciência.

E prosseguiu em suas tentativas, com as mesmas manobras que também usava para tirar os abacates do abacateiro (e que terminavam em geral com os frutos se esborrachando no chão; mas minha tia era teimosa). Não deu resultado. Meu tio deslocava-se de um lado para outro no teto, mas não baixava à terra firme.

– Tente se agarrar na vassoura e vir até aqui – sugeriu minha tia.

Foi o que ele fez, e chegou a descer um meio metro, com o esforço que outros fariam para subir – e que foi demasiado: exausto, ele largou a vassoura, subindo de novo para o teto.

Aquilo era demais para minha tia. Soltando a vassoura, ela rompeu num pranto convulso. Chorou muito tempo, enquanto meu tio, lá de cima, tentava consolá-la: acalme-se, Clara, isso vai passar, tenho certeza.

Mas minha tia não conseguia se acalmar. Ela, que sempre fora uma mulher dura, que desprezava lágrimas, agora chorava como uma criança. Parecia um pesadelo: o marido lá em cima, junto ao teto, ela sentada na cama, desamparada, sem ter uma pessoa que a ajudasse. O que teria acontecido com meu tio? Por que, de súbito, ele tinha abandonado a terra firme onde vivera toda sua vida?

Em seu confuso raciocínio, minha tia insistia em atribuir ao marido parte, ao menos, da culpa pelo que a ele próprio tinha acontecido. Era o que sempre fazia. Quando ele ficava gripado: "Claro, você não se cuida". Se tropeçava: "Você não olha por onde anda". Mas mesmo ela tinha de admitir: por mais esquisito e desastrado que fosse, Isaías jamais conseguiria se elevar sozinho do chão (como aliás não conseguira subir na vida). Alguma outra coisa deveria estar agindo ali; um feitiço, talvez. Minha tia era supersticiosa; acreditava em sortilégios, frequentava uma cartomante e um pai de santo. Mas, de outra parte, quem poderia querer a desgraça do meu tio, um homenzinho pacato (ainda que casmurro), que não fazia mal a ninguém? De repente, parou de chorar, pôs-se de pé. Tinha tomado uma resolução: não adiantava ficar ali se lamentando, precisava agir. E para isso pediria o auxílio do irmão. Era o que sempre fazia quando tinha problemas sérios: consultava o mano, isto é, meu pai. E foi assim que entrei na história.

Morávamos no interior, num pequeno sítio. Tínhamos um pomar, algum gado leiteiro, plantávamos um pouco de verdura – enfim, dava para ir vivendo. Eu gostava muito do lugar, principalmente na primavera: passava o dia todo no campo empinando papagaio, ou, como dizemos por lá, soltando pandorga. Eu era mestre na arte de confeccionar papagaios: com varinhas de bambu, papel de embrulho e barbante fazia verdadeiras obras-primas. Como é engenhoso esse menino, diziam os vizinhos admirados, e era verdade: eu sabia até consertar máquinas. Na época, meu sonho era ser mecânico de aviação, ou, melhor ainda, piloto. Deitado numa coxilha, ficava olhando as nuvens que passavam ligeiras no céu, levadas pelo vento sul; quando enxergava um avião, meu coração batia mais forte.

Aliás, era algo que me acontecia muito naqueles dias, o coração bater mais forte. Eu tinha aproximadamente sua idade, meu filho: acabara de completar catorze anos, e me sentia esquisito. Às vezes ria sem motivo; às vezes – sem motivo – começava a chorar. Esse guri está precisando de umas vitaminas, dizia meu irmão, e ria. Eu sabia a que ele estava se referindo e ficava vermelho. Deixa o Marcos, dizia meu pai, ele vai resolver sozinho seus problemas.

E então chegou o recado de minha tia. Quem o trouxe foi um amigo da família, um comerciante que morava na capital, mas que tinha um sítio ao lado do nosso. Segundo esse homem, minha tia estava desesperada, mas não entrara em detalhes sobre o problema de meu tio: coisa muito pessoal, dissera. O que deixou meu pai muito contrariado: essa mulher sempre inventando coisas.

– Mas alguém tem de ir lá – ponderou mamãe. – Pode ser coisa séria.

– Eu vou – disse meu irmão, que adorava viajar.

– Você não – meu pai, categórico. – Preciso de você aqui. Vai o Marcos.

– O Marcos? – protestou minha mãe. – Mas ele tem só catorze anos, é uma criança!

– Pois está na hora de ele se tornar adulto.

Minha mãe não se convencia:

– Ele nunca saiu de casa...

– Uma vez tem de ser a primeira – declarou meu pai, com convicção. Levantou-se da mesa: Vou comprar a passagem de ônibus agora mesmo. Enquanto isso, você arruma a mala dele.

Eu escutava aquela conversa boquiaberto. Que missão era aquela que estavam me confiando? E como me sairia eu daquilo? Corri atrás de meu pai, alcancei-o quando ele já estava ligando a nossa velha e esburacada Kombi.

– Papai – eu disse, ofegante. – Sobre essa viagem...

– O que é que tem? – Ele, cenho franzido.

– Você não acha que é muita responsabilidade para mim?

Ele desligou a máquina, suspirou.

– Olha aqui, meu filho: tua tia é uma mulher esquisita, que vive infernizando o pobre marido com as manias dela. Na certa ela inventou que o homem está meio maluco, ou coisa assim. Não é a primeira vez que ela vem com essas histórias – e é sempre besteira. Você vai até lá, e se houver algum problema mais sério, você me avisa pelo rádio.

Estava se referindo a um programa chamado *Alô, alô, interior*, muito ouvido em nossa região.

Suspirei.

– Está bem, papai. Mas não me culpe se alguma coisa der errado.

Ele riu, deu a partida de novo.

– Vai dar tudo certo, filho. Você vai ver que você é melhor do que pensa.

E arrancou, no meio de uma nuvem de pó. Eu suspirei de novo e entrei para ajudar minha mãe a arrumar a mala. Encontrei-a no meu quarto, em prantos. Abracei-a, consolei-a:

– Não se assuste, mamãe, eu tiro de letra. Daqui a uma semana, dez dias, no máximo, estou de volta.

Ela enxugou os olhos (com uma de minhas camisetas: mamãe era um pouco distraída), fez força para sorrir:

– Você acha mesmo, Marcos? Acha que vai dar tudo certo?

– Claro.

Ela sentou-se na minha cama.

– Senta aqui, Marcos.

Sentei-me a seu lado. Ela pegou minha mão:

– Eu sei – disse – que cuido demais de você, até te chateio com minhas recomendações. Mas você sabe que tenho razões para isso, não sabe?

Sim, eu sabia: que tinha nascido de sete meses, que fora um garoto muito doente, que quase morrera de pneumonia, disso tudo eu sabia. Só que tudo isso era para mim coisa do passado: eu crescera, era agora um rapaz alto, forte, ainda que um pouco desengonçado, e até bonito, segundo as garotas da escola – das quais, aliás, eu não me ousava aproximar, uma invencível timidez me causando pânico à simples visão de uma saia. De qualquer modo, sentia que meu pai tinha razão: estava na hora de me aventurar um pouco pelo mundo, e a viagem à capital bem podia ser um ponto de partida. Não podia ficar empinando papagaio o resto da vida.

Terminamos de arrumar a mala, e fui avisar a professora de que faltaria às aulas nos próximos dias. Não gostou muito, e tinha lá seus motivos: eu não era dos melhores alunos, e a proximidade do fim do ano tornaria difícil recuperar a matéria. Prometi que me esforçaria ao máximo e voltei para casa, onde meu pai já me esperava com a passagem de ônibus: eu tinha de pegar o noturno das dezoito horas e já estava atrasado. Fomos até a Estação Rodoviária, onde mamãe entregou-me um saco plástico contendo provisões suficientes para alimentar um exército faminto durante vários anos; despedi-me do pessoal (até meu irmão estava emocionado) e embarquei. O ônibus partiu. Quando o sol se pôs, já estávamos longe. Uma enorme tristeza então me invadiu, e uma vontade de chorar. Chorei, mesmo, um pouco; logo em seguida me consolei devorando três ou quatro dos sanduíches que minha mãe tinha preparado. Durante algum tempo fiquei olhando a paisagem, os trigais que ondulavam suavemente, os açudes nos quais se refletia a pálida lua. Deu-me sono, e, virando-me para o lado, resolvi dormir.

O que não foi possível. No banco ao lado um homem e uma moça riam e cochichavam sem parar. Lá pelas tantas meteram-se debaixo de um cobertor; e então eram suspiros e gemidos. De repente, um grito:

– Safado!

Era a moça. Todo mundo se virou, menos o motorista – que afinal tinha de prestar atenção à estrada. A moça gritou de novo e o homem pulou do banco como que impulsionado por uma mola.

– Aqui você não senta mais! – gritou ela.

O lugar a meu lado estava vago. Posso sentar aqui?, perguntou ele. À vontade, eu disse. Ele sentou, cruzou os braços. Bufava, furioso.

– Mulher louca – resmungou baixinho. – Doida varrida. Caso de hospício.

– É sua esposa? – arrisquei, tímido.

Me olhou, surpreso:

– Esposa? Não, não é. Esposa! Não. Deus me livre de ser casado com uma mulher assim. Aliás, Deus me livre de qualquer casamento. Não, ela não é minha esposa. Nos conhecemos aqui no ônibus.

No ônibus? E em tão pouco tempo, risinhos e cochichos? Gemidos e suspiros sob o cobertor? Como que adivinhando meus pensamentos, ele acrescentou:

– Sou um homem decidido. Comigo é pegar ou largar.

(Largar, aparentemente, era a eventualidade mais frequente.)

– Podem não gostar – agora estava falando tanto para mim, como para a moça no banco ao lado – , mas é assim mesmo.

Voltou-se para mim:

– Desculpe o desabafo. E permita que eu me apresente. Meu nome é Rogério Santos. Os amigos me conhecem por Capitão Rojão. Você pode me chamar assim, se quiser.

O bafo era de cerveja, o que explicava tanta afabilidade e descontração.

– Apelido engraçado – eu disse.

– É – concordou ele. – Não é por causa de Rogério, não. Podia ser: Rogério-Rojão. Mas não é isso. Me deram o apelido porque eu sou piloto, sabe? Ou melhor, fui. Pilotei todos os tipos de aviões, desde monomotor até jato.

– Não diga! – Eu estava encantado, sinceramente encantado. Nunca imaginara que um dia pudesse ter a meu lado alguém que pilotava os aviões que eu só via lá em cima.

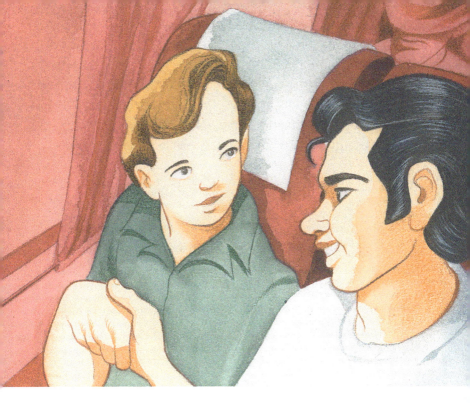

– Até balão pilotei – continuou ele, evidentemente satisfeito por ter um ouvinte tão interessado. – Balão, helicóptero. Qualquer coisa que voe é comigo. E entendo de mecânica também. Esses tempos, montei um monomotor. Você pilota?

– Não. Nunca andei de avião.

E acrescentei:

– Mas sei fazer pandorgas muito bem.

Ele riu, depois ficou um instante em silêncio, pensativo.

– Na verdade – disse por fim, e num tom hesitante –, faz tempo que não voo.

– Por quê? Alguma doença?

– Não. Problemas... Coisa particular.

Nova pausa, e ele acrescentou:

— Essa coisa do álcool. Tomei uns tragos a mais, me botaram pra fora da empresa de táxi aéreo onde eu trabalhava. Fiquei traumatizado, rapaz. Nunca mais pude pilotar. Nem mesmo o avião que montei consegui testar. Tive de pedir a um outro.

— Que pena — murmurei, constrangido.

Ele riu:

— Mas não tem nada, não. Já estou partindo para outra. Quero ver se abro uma loja de aeromodelismo para ensinar garotos como você a voar. Você não gostaria de comprar um aeromodelo?

— Para dizer a verdade — respondi, cauteloso —, não tenho muito dinheiro...

Ele suspirou. Depois sorriu:

— Bem, para dizer a verdade, eu também não tenho nenhum para vender. Em todo caso, vou lhe dar o meu endereço. É onde eu moro e também onde tenho minha oficina.

Tirou do bolso um lápis e um pedaço de papel, rabiscou rapidamente um endereço.

— Me procure. Nem que seja só para a gente conversar um pouco. Você é um garoto inteligente, educado.

Olhando a moça, que dormia:

— Não é como certas pessoas que a gente encontra na vida.

E para mim, de novo:

— Cuidado com as mulheres, rapaz. É um conselho que lhe dou, conselho de um homem experiente. Cuidado com as mulheres.

Voltou-se para o outro lado:

– Boa noite, meu caro.

Eu ainda fiquei um tempo pensando no que ele me tinha dito, mas acabei adormecendo. Quando acordei, o ônibus já estava chegando. Boquiaberto e um tanto apreensivo eu olhava os altos edifícios, a enorme corrente de trânsito que fluía pelas ruas e avenidas. O Capitão Rojão acordou, espreguiçou-se:

– Então, rapaz? Que tal a cidade?

E, antes que eu pudesse responder, ele apanhou sua valise:

– Vou indo, que estou com pressa. Apareça, hein?

Aquilo me decepcionou. Mais que isso: me deixou amargurado. Não só porque eu me sentia abandonado, mas também porque esperara mais do Capitão Rojão. À época eu andava atrás de um modelo, de um herói com quem pudesse me identificar. Eu gostava de meu pai, admirava suas qualidades, mas tinha de reconhecer que ele era um homem comum, que levava uma existência calma, rotineira. Ao passo que o Capitão Rojão, aquele sim, me parecia um aventureiro. Eu teria gostado de conversar com ele, de ouvir as histórias fantásticas que decerto me contaria. Um piloto de avião seria forçosamente um personagem infinitamente mais interessante que um médico, ou um engenheiro – ou um agricultor, como meu pai.

Mais que ouvir histórias, eu queria tornar-me amigo do Capitão Rojão, ouvir seus conselhos, seguir suas recomendações. A oportunidade para isso ainda poderia vir – ele me dera o endereço –, mas de momento estava perdida: o Capitão Rojão já sumira entre a multidão que enchia a Estação Rodoviária.

Os passageiros todos haviam descido. Só eu continuava ali, sentado, sem coragem de me levantar. O motorista, impaciente e desconfiado, olhava-me pelo espelho retrovisor.

– Fim da linha – disse, por fim, num tom definitivo.

Desci. Eu tinha o endereço de meus tios; meu pai me recomendara ir de ônibus, para não gastar muito; só em último caso deveria ir de táxi. Achei que a situação era de último caso e tomei um táxi. Foi um trajeto longo (e, naturalmente, muito caro). A casa deles ficava num bairro humilde, na periferia da cidade. Bati à porta, minha tia abriu; quando me reconheceu, abraçou-me demoradamente:

– Que bom que você veio, Marcos! Que bom!

Testa franzida:

– E o seu pai?

– Ele... Ele não pôde vir – gaguejei. – Mas eu estou aqui para ajudar no que for preciso.

– Claro, claro – apressou-se ela a dizer. – Sei que você é um rapaz despachado. Vamos precisar muito de você.

Enxugou os olhos com o avental:

– Ah, Marcos, se você soubesse o que tenho passado... Mas entre, entre. Depois a gente conversa.

Entrei. A casa era tão humilde por dentro quanto por fora. Uns poucos móveis, poltronas forradas de plástico vermelho e já rasgadas, armários antigos, fotos nas paredes.

– E o tio? – perguntei.

Ela abriu a porta do quarto. Olhei, não vi ninguém.

– Lá em cima – ela disse, numa voz surda, estrangulada.

Olhei, e lá estava o homem, de encontro ao teto. Meu Deus – foi a primeira coisa que pensei –, essa mulher maluca pregou o tio lá em cima! Mas aí me dei conta de que ele não estava pregado; mais, parecia perfeitamente à vontade:

– Olá, Marcos. Como vai você? Fez boa viagem?

– Ótima. E você, tio, como está? – Aquele diálogo me parecia absurdo, mas eu não ousava perguntar – não de início – o que estava acontecendo.

– Bem – respondeu ele. E sorriu modestamente: – Tirando esta situação, tudo bem.

Situação: então não era um problema, era uma situação. Menos mal.

– Você cresceu, Marcos – disse ele. Uma observação no mínimo generosa, para quem estava a três metros de altura.

– Cresci, sim. As roupas estão ficando pequenas em mim.

– E sua família? Tudo bem?

– Tudo bem. – Eu não podia mais me conter: – Pelo amor de Deus, titio, o que aconteceu?

Ele sorriu de novo, aquele sorriso tímido, fugidio, que era a sua marca registrada.

– É isso que você está vendo. Foi anteontem, de manhã. Quando acordei, estava aqui em cima.

Minha tia pôs-se a soluçar:

– Ai, Marcos, que desgraça, que desgraça...

– Calma, tia. – Eu agora estava fazendo das tripas coração: aquilo era muito pior que meu pai e eu podíamos imaginar. Na verdade, não era a minha tia que eu tentava acalmar. Era a mim mesmo. Eu estava perplexo – e muito assustado. Tentava desesperadamente me orientar naquela estranhíssima situação. O jeito era partir do início:

– Vamos lá, titio, conte como isso começou.

– Foi como eu disse, Marcos: quando vi estava aqui em cima.

Bem típico dele, aquela resposta lacônica, e meio seca – mas eu não podia me convencer que a coisa tivesse ocorrido de maneira tão simples. Um homem de repente sobe no ar: de que jeito? Eu já tinha visto, em filme, um astronauta flutuando dentro de uma cápsula espacial, mas a casa de meus tios não estava no espaço sideral. Aquilo era absurdo. Mas o que mais me impressionava é que o tio não parecia absolutamente incomodado com a situação.

– Você não se sente mal aí em cima?

– Não. – Pensou um pouco e acrescentou: Quer dizer, eu sempre sofri de vertigem, e esta altura me deixa um pouco tonto, mas fora isso tudo bem. É até gozado ver as coisas aqui de cima.

Sorriu, travesso:

– Você deveria tirar melhor o pó de cima dos armários, Clara.

– Isaías – gritou ela. – Você tem coragem!...

Recomeçou a chorar, o que o deixou consternado:

– Desculpe, Clara. Foi só uma brincadeira. Desculpe.

Voltei à carga:

– Escute, titio: não é possível que isto tenha ocorrido de repente, sem aviso. Você não notou nada de diferente?

Ele refletiu.

– Bom... Há tempos eu vinha me sentindo engraçado. Mais leve, sabe? Até falei com a Clara. Ela não deu importância.

Minha tia parou de chorar, olhou-o furiosa:

– E por que é que eu havia de dar importância a isso, Isaías? Hein? Por que é que eu havia de dar importância? Você vem e me diz que se sente mais leve. O que é que eu poderia responder? Ótimo, foi o que eu disse, é o que todo mundo quer, se sentir mais leve. Você estava com excelente saúde, até caminhava mais rápido. Como é que eu poderia adivinhar o que viria depois?

– Está bem – atalhei. – Não briguem. A gente vai dar um jeito nesta situação. Não vai, titio?

– Acho que sim – respondeu. Sem muita convicção.

– Você é um bom rapaz, Marcos – disse minha tia. – Estou muito contente que você veio. Mas agora vamos, você vai descansar um pouco. Você viajou toda a noite, não é brincadeira.

Levou-me para o outro quarto – que ficara sempre vazio, à espera de um filho que eles não haviam tido – e disse que eu me acomodasse. Havia ali uma cama dobrável, um pequeno roupeiro, uma mesinha e uma cadeira. Tirei as coisas da mala e deitei-me. Mas não podia conciliar o sono, apesar do cansaço. O que teria acontecido com meu tio? Eu não podia sequer imaginar a causa daquele espantoso fenômeno. Mas de uma coisa estava certo: aquilo tinha de ficar em família. Talvez algumas pessoas de confiança pudessem ser chamadas, mas era só. Se a imprensa descobrisse o ocorrido, meu tio estava perdido. Homem reservado que era, não sobreviveria decerto ao choque de se ver fotografado, filmado, entrevistado.

Durante uma boa meia hora fiquei ali, virando-me de um lado para outro, agitado. Por fim levantei-me, fui até o quarto deles. Meu tio, de encontro ao teto, ressonava. Minha tia não estava. Um bilhete sobre a cama informava que tinha ido ao supermercado fazer compras; na certa preparava um jantar especial para o sobrinho. Com todos os seus defeitos, aquilo podia ser dito dela: tinha consideração para com as pessoas.

Resolvi ver mais de perto como era aquela coisa de meu tio flutuar. Para isso precisava de uma escada. Procurei na casa e não encontrei; o jeito era pedir emprestado a um vizinho. O que não deveria despertar suspeitas – afinal, escadas têm muitas outras finalidades que não a de investigar tios flutuantes.

Saí para a rua. Na casa em frente, uma menina varria a calçada. Fui até lá:

– Você não teria por acaso uma escada para me emprestar?

Ela me olhou.

Não. Não vou descrever o que aconteceu. Não de imediato. Vou descrever, primeiro, o que vai acontecer a você, um dia. (Por que o faço? Não sei. Talvez para conquistar seu coração rebelde; para tentar provar que somos um só, você e eu, que há uma continuidade perfeita entre nós, de modo que as emoções que começaram a fluir há muito tempo, numa manhã de primavera, hoje chegam a você, como essas vagas que avançam majestosas pelo mar.) Um dia uma garota olhará para você; e será um choque, aquela coisa eletrizante que é a descoberta. Grandes olhos, linda boca, porte altivo – mas que importa descrever? O importante é o que estará acontecendo com você; uma experiência única, capaz, ela só, de dar sentido à nossa existência. Você ficará imóvel; e sentirá seu sangue latejan-

do em todas as veias, traduzindo o arcaico e poderoso impulso que, desde o começo dos tempos, renasce periodicamente em cada ser humano. Você se apaixonará instantaneamente e daí por diante (ou pelo menos assim você estará pensando) nada mais contará. Você quererá se dissolver no fogo líquido da paixão.

Eu nunca tinha visto uma garota tão bonita. Grandes olhos, linda boca, porte altivo. Apaixonei-me instantaneamente, completamente, decisivamente. Ela me olhava, surpresa, e eu ali imóvel, a boca aberta: tinha esquecido tio flutuante, escada, tudo. Só depois de alguns segundos é que consegui gaguejar o pedido. Sim, ela tinha uma escada e poderia emprestá-la com a condição de que eu devolvesse logo:

— Minha avó não gosta disso. Aliás, ela nem quer que eu fale com estranhos.

Mas eu não sou estranho, apressei-me em dizer, sou o sobrinho do seu Isaías aí da frente. Aquele velhinho legal? — ela, sorrindo — e que sorriso era aquele, meu Deus, que sorriso! Iluminava-lhe o rosto — e me enchia de esperança: se gostava do tio (apesar de falar em "velhinho", o que me parecia um pouco debochado), certamente gostaria do sobrinho.

— O que há com ele? Faz uns dias que não sai de casa.

— Hein? — Eu, deslumbrado; tão deslumbrado que nem consegui responder de imediato. — Ah, sim, o meu tio. Ele está flu... digo, ele está meio doente. Pobrezinho, disse ela e foi buscar uma velha e desconjuntada escada. Pediu-me que a devolvesse em seguida, abriu a porta, sorriu de novo (o que quase me fez desmaiar) e entrou. Ali fiquei, agarrado à escada, completamente aturdido. Finalmente, caí em mim. Eu tinha uma missão a cumprir, e essa missão exigia que eu me mexesse. O que não era fácil: por mim eu ficaria ali toda a vida, esperando que a porta se abrisse e que a linda criatura aparecesse de novo. Te mexe, eu tive de dizer a mim mesmo, e numa voz bastante imperativa. Te mexe, repeti, e só então funcionou: carregando o trambolho, atravessei a rua e entrei em casa.

Meu tio continuava ferrado no sono. Armei a escada e subi até onde ele estava. A primeira coisa que constatei foi aquilo que minha tia já havia notado: nada o prendia ao teto. Experimentei, com cuidado, movê-lo, deslocou-se suavemente, como um balão cheio de gás. Tentei de novo – só que dessa vez ele acordou, e ao me ver soltou um berro tão forte que quase caí da escada.

– O que é que você está fazendo aqui, Marcos?

Uma pergunta um tanto absurda; na verdade, eu é que deveria indagar por que diabos ele estava lá.

– Vim ver se o senhor precisava de alguma coisa, tio.

– Obrigado, não preciso de nada. – Olhou para baixo: – Mas essa ideia da escada é muito boa. Me facilitaria um bocado a vida... Onde é que você a arranjou?

– Com a menina da casa em frente.

Ele ficou pálido:

– Não me diga! Não me diga que você foi até lá.

– Por que, tio? – Eu não estava entendendo. – Fiz alguma coisa errada?

Antes que ele pudesse responder, a porta da frente se abriu – e um segundo depois a tia estava no quarto, perplexa e irritada:

– O que está fazendo esta escada aqui?

– Fui eu quem trouxe – eu disse, sem entender os sinais desesperados de meu tio.— Da casa aí em frente.

A expressão de minha tia mudou subitamente: agora era de fúria e franco horror:

– Você falou com aquela mulher?

– Que mulher, titia? – Eu não estava entendendo nada. – Falei com uma menina.

Ela deixou-se cair sobre a cama:

– Com a neta, então. Menos mal – gemeu. – Você não sabe que perigo andou correndo, Marcos. Nunca, mas nunca, ouviu?, fale com a velha daquela casa. A avó da Laura.

Laura. Então o nome da menina era Laura.

– Mas por quê, tia?

– Porque não. Porque eu estou lhe dizendo.

– Mas eu quero saber, tia! – Eu agora estava consternado; mal havia falado com a garota e já havia toda uma confusão ali, uma confusão da qual eu mal havia suspeitado. E, o que era pior, suspeitava que tudo aquilo não passava de mais uma das implicâncias de minha tia.

– Muito bem – bufou ela. – Você quer saber? Então vou lhe dizer. Essa mulher, a avó da Laura, é uma feiticeira, Marcos. Uma bruxa. Toda a vizinhança sabe disso, ninguém se mete com ela. Contam cada história... Nem é bom falar.

Bruxas? Feiticeiras? Eu não acreditava naquilo. Mais: me surpreendia que a gente da cidade fosse tão crédula a respeito de tais assuntos.

– Mas o que é que ela faz, a tal de bruxa?

– Bruxarias, claro. E feitiçarias.

– Mas você sabe de alguém que foi enfeitiçado por ela?

– Se eu sei de alguém enfeitiçado por ela? Deteve-se um pouco, mirou-me, irritada: – Mas você é teimoso, hein, Marcos? Se eu lhe digo que é para evitar a bruxa, o que você tem de fazer é evitar a bruxa! Seu pai não aprovaria essa sua teimosia. E sabe do que mais? Leve essa escada para lá. Mas não entre – deixe encostada no muro da frente e volte para cá. Rápido, porque você corre perigo. *Nós* corremos perigo: aposto que essa escada está enfeitiçada.

Não parecia: era uma escada comum, dessas de abrir. Mas o momento não estava propício à discussão sobre escadas e feitiçaria, de modo que resolvi obedecer. Peguei a escada, atravessei a rua. Toquei a campainha – e ali estava ela, de novo.

– Serviu a escada? – perguntou, com um sorriso que me fez derreter.

– Serviu – eu disse. A voz me saiu esganiçada, como me acontecia quando ficava nervoso. Pigarreei e tentei de novo: – Serviu, sim. Muito obrigado.

– Não sei seu nome – ela disse.

– É Marcos. Você, eu sei: é a Laura.

– Foi sua tia quem disse? – Ela fez uma careta de desgosto: – Sua tia não gosta muito da gente.

Pensou um pouco e acrescentou:

– Aliás, não é só ela. O pessoal aqui da vizinhança não nos tolera.

– Por quê?

Antes que Laura pudesse responder, avistamos uma mulher, muito velha e de bengala, dobrando a esquina.

– É a vovó – cochichou Laura. – Vá embora, Marcos. Se ela me vê com você, fico de castigo um mês.

– Mas eu queria me encontrar com você – eu disse, num tom súplice.

– Não dá, Marcos. Ainda não dá. A minha avó é muito desconfiada, me vigia o tempo todo. Daqui a uns dias, talvez.

– Mas você quer me ver?

– Claro que quero – disse ela, e sorriu. Aquele sorriso iluminava o dia. Aquele sorriso me bastava! Em três saltos atravessei a rua. Entrei em casa e, oculto atrás da cortina de crochê (produto das habilidosas mãos de minha tia), espiei para a rua.

A mulher estava repreendendo Laura. Titia podia ter exagerado, mas ela parecia mesmo uma bruxa: queixo pontudo, nariz adunco. Bruxa, sim, como aquelas das caricaturas. Como é que uma mulher tão feia tinha uma neta tão bonita? Mistério.

A mulher apontava para a escada; queria saber o que tinha acontecido. Pela gesticulação de Laura, vi que ela estava passando um mau pedaço para se explicar. E tudo culpa minha. Laura pegou a escada e, cambaleando sob o peso, entrou pelo portão ao lado da casa.

Minha tia estava alcançando para o marido, na extremidade de uma vara, um cacho de bananas, que ele, depois de algumas tentativas, conseguiu pegar. Ela então trouxe um cesto de lixo:

– Joga as cascas aqui dentro, Isaías.

Mais fácil dizer do que fazer: na primeira tentativa, errou por mais de metro, o que provocou em minha tia um azedo comentário:

– Além de tudo que estamos passando, eu ainda tenho de juntar cascas de banana. Não há coluna que aguente.

– Os aviões nem sempre largavam as bombas no alvo – retrucou ele, à guisa de explicação. E para mim: – Estou falando da Segunda Guerra, Marcos. Você nem era nascido. Os aviões eram muito precários. Hoje, naturalmente, é outra coisa: miras eletrônicas, radar. Só que eu não tenho mira eletrônica. Faço o que posso.

Está certo, resmungou minha tia, recolhendo mais cascas que haviam caído fora do alvo. Enquanto isso eu olhava para meu tio, que mastigava melancolicamente suas bananas, cada vez mais intrigado (mas já não tão alarmado; a gente se acostuma a tudo, estou convencido) com aquela situação. Tio no espaço, comendo banana! Incrível. Alguma coisa precisava ser feita; e a primeira providência seria trazê-lo de volta à terra, o que minha tia, limitada por suas fracas forças, ainda não conseguira. Eu teria de puxá-lo para baixo, e lastreá-lo, exatamente como se lastreia um balão. Uma vez no nosso nível poderíamos investigar a causa daquela intrigante situação.

– Você tem uma corda aí, titia?

Não, não havia corda na casa. De modo que saí, fui até uma ferragem próxima e comprei alguns metros de corda plástica. Usando a mesma vara das bananas, fiz chegar a ele a extremidade.

– Segure-se bem, titio. Vou puxar.

E puxei. Era uma sensação engraçada: como se eu estivesse içando alguém, só que esse alguém estava lá em cima, não embaixo. Mas o esforço que tive de fazer era grande; qualquer que fosse a força que o mantinha lá em cima, não era pequena. De qualquer jeito consegui trazer o tio.

– E então? – perguntei ofegante. – Que tal voltar à terra firme?

– Bom – disse ele, num tom não muito convincente, que me causou surpresa: será que ele preferia estar lá em cima? Como se adivinhasse meu pensamento, ele apressou-se a acrescentar:

– Lá estava mais fresquinho.

Teria o pobre homem endoidado de vez? Não seria de admirar, naquela situação. Mas eu não queria nem pensar naquilo. Preferi concentrar-me em outro problema: como manter meu tio no chão? Fiz com que ele sentasse numa cadeira, amarrei-o. Não adiantou: ele começou a subir, lentamente, com a cadeira. Passei-o para uma poltrona, maior e mais pesada: subiu de novo, ainda que muito mais devagar. Coloquei a seu lado uma pesada marreta de ferro, e aí ele ficou estabilizado. Ao menos isso: sua ascensão não era irresistível.

– E agora, tio? – perguntei, satisfeito.

Ele se mexeu na poltrona:

– Não gosto muito de estar amarrado.

Difícil de contentar, o homenzinho. O que talvez explicasse a impaciência de minha tia; quem sabe a vítima era ela, não ele. Mas essas questões não me diziam respeito. Eu estava ali para resolver o problema do meu tio. O que me parecia quase impossível. De qualquer modo, conseguira uma pequena vitória: meu tio estava ali, sentado, ainda que com cara amarrada.

De repente me lembrei: eu precisava avisar meu pai. Através da rádio, conforme combinado. Para isso eu tinha de ir até o centro da cidade, perspectiva que me atemorizava; mas não havia outra maneira. Minha tia ensinou-me como tomar o ônibus e, depois de uma viagem de quase uma hora, me vi no ponto final. Desci, e quase imediatamente fui arrastado por uma multidão – hora do pique, todo mundo querendo voltar para casa – e durante uns bons quarenta minutos andei de um lado para outro, atarantado.

Mas o destino me ajudou, e finalmente me vi diante do prédio mesmo da emissora. Ali estavam dezenas de pessoas, todas com mensagens para o programa.

Entrei numa fila e fui atendido por um rapaz magro, de óculos escuros.

– É mensagem? Para quem vai?

Eu disse, ele tomou nota.

– E qual é o recado?

Qual era o recado? De súbito, me dei conta: eu não tinha pensado no que diria a meu pai. "Tio voando, mas de resto tudo bem"? Pensariam que eu tinha enlouquecido. "Tio doente, nada grave"? Mas era doença? O rapaz esperava, impaciente.

– É sobre meu tio – gaguejei.

– O que é que tem o seu tio?

– Pois é isso que não sei. É muito complicado de explicar.

– Se é complicado, não serve. Isto aqui é um programa de mensagens, não é novela de TV.

As pessoas ao redor riam do meu embaraço. Eu estava a ponto de chorar; o rapaz de óculos escuros ficou com pena de mim:

— Escuta: por que você não diz que vai contar tudo por carta? Você sabe escrever?

— Sei. Sou um dos melhores alunos da minha aula. Eu até...

— Pois então? Você escreve. Vou botar aqui: "Notícias do tio seguem por carta". Está bom?

Está, murmurei. Ele pediu meu nome e endereço. É perto de minha casa, observou, enquanto anotava. Ficou me olhando um instante:

— O que é mesmo que está acontecendo com seu tio? É alguma coisa muito esquisita? Pergunto porque temos um programa de rádio sobre casos interessantes. Se você quiser, pode trazer seu tio aqui.

E como o faria? Puxando-o por uma cordinha, como se ele fosse um balão ou uma pandorga? A simples ideia de andar com meu tio lá no alto, no meio da multidão no centro da cidade, me dava calafrios. Agradeci o oferecimento e fui saindo rápido.

Quando cheguei em casa já estava anoitecendo. Minha tia estava sentada na cama, ao lado da poltrona onde meu tio, amarrado, ressonava pacificamente. Aparentemente, sua nova leveza traduzia-se em sono pesado.

Sentei-me e durante algum tempo ficamos em silêncio, minha tia e eu.

– E então? – perguntou ela por fim.

– Pois é, titia. Eu também me pergunto: o que é que nós vamos fazer?

Nova pausa, enquanto eu dava desesperadamente tratos à bola. Tentava identificar a pessoa a quem recorrer por um processo eliminatório: não era caso para polícia, porque meu tio não estava desaparecido (embora, ao ar livre, isso sem dúvida pudesse acontecer); não era caso para os bombeiros; nem para eletricista, encanador ou marceneiro.

– Eu acho que a gente deve chamar um médico – ela disse.

Um médico? A ideia não era má. Mas que médico chamar? Um especialista? Especialista em quê? Em pessoas que voam? Foi o que ponderei a minha tia, que não se deu por achada: para ela, a Medicina representava a suprema salvação. Não havia problema que não pudesse ser curado com pílulas, gotas, supositórios, ou, melhor ainda, injeções.

Aliás, a quantidade de remédios espalhados por toda a casa – no armário do banheiro, na mesa de cabeceira, em cima da velha geladeira – era fantástica. A gente até poderia se perguntar se a tendência a flutuar de meu tio se devia a algum remédio.

– Eu acho que tem de ser um clínico geral – ela respondeu. – Quando a gente não sabe bem do que se trata, o melhor é chamar aqueles antigos médicos de família.

– E a senhora tem um médico de família?

– Tenho. O problema é que ele está velho, meio ranzinza, e se achar que a gente chamou por bobagem vai fazer um escarcéu.

Bobagem? Aquilo estava longe de ser bobagem. Minha dúvida era se um médico, qualquer médico, poderia resolver o problema do meu tio. Mas, de outra parte, a gente tinha de fazer tudo. E fazer tudo certamente incluía chamar o doutor.

Fiquei com meu tio, enquanto titia ia ao telefone público. Voltou acabrunhada:

– Eu disse que ele não ia gostar. Perguntou o que havia com o Isaías, e quando eu falei que ele estava voando, ele ficou por conta, gritou comigo, disse que eu era uma velha maluca.

– Mas ele vem?

– Vem.

Menos mal, eu disse, e fui para a frente da casa, esperar o tal doutor.

As horas passavam, e ele não aparecia. Ou era um médico muito ocupado, ou tinha esquecido o chamado, ou resolvera não vir, o certo é que já era quase meia-noite – e nada. Mas não havia alternativa: eu tinha de esperar.

Lá pelas tantas ouvi passos. O doutor? Não. Não era ele. Era o rapaz de óculos escuros, aquele da rádio, que vinha vindo, assobiando. Passou por mim, me reconheceu, voltou:

– Ah, é você. Esta é a casa onde você está hospedado?

Eu disse que sim e ele – parecia disposto a bater papo – quis saber o que eu estava fazendo ali parado, àquela hora:

– Você não tem medo de assalto?

Antes que eu pudesse responder, um velho Fusca estacionou em frente à casa; desceu um homem de idade, maleta na mão. Era o médico. Adiantei-me:

– Boa noite, doutor. Sou o sobrinho do seu Isaías, estava lhe esperando.

Olhou-me de cima a baixo:

– Ah, sim. Você é o sobrinho. E é maluco como a sua tia? Porque essa história de homem voando...

– Homem o quê? – perguntou o rapaz de óculos, subitamente interessado.

– Nada, nada – eu disse rapidamente. – Vamos entrar, doutor, eles estão lhe esperando.

O rapaz não desistia:

– Como é mesmo essa história?

Fingi que não ouvia e, apesar dos protestos do médico – não empurre, menino, você parece louco – conduzi-o para dentro. Aí levei-o até o quarto; mal o avistou, minha tia se pôs a chorar: ai, doutor, que coisa horrível nos aconteceu! Calma, mulher, disse o doutor, vamos ver o que há com nosso homem. Mirou inquisitivamente meu tio, que lhe retribuiu o olhar com um perfeito ar de inocência.

– Por que o amarraram? Ele é perigoso, está atacando as pessoas?

– Não, doutor – respondi. – O problema é que se a gente o solta, ele sobe para o teto.

– O quê! – Ele, impaciente: – Você é louco como a sua tia. Toda a família é louca, meu Deus.

Aquilo me deu raiva. Sem uma palavra, desamarrei meu tio – que rápido elevou-se no ar, detendo-se no teto, perto de uma lâmpada.

Nossa, gemeu o médico, sentando, ou, antes, tombando na poltrona há pouco ocupada pelo tio volante. Que nesse momento examinava o suporte da lâmpada, muito interessado:

– Tem um fio desencapado aqui. Depois você me arranja fita isolante, Marcos, quero consertar este suporte. É um perigo.

– Como é que ele subiu até lá? – perguntou o doutor, quando conseguiu recuperar a fala.

– É o que a gente gostaria de saber – respondi.

Ele continuava boquiaberto.

– Nunca vi uma coisa assim – disse. – E olhem que já tenho quase cinquenta anos de profissão, conheço tudo que é doença esquisita.

– Será que foi alguma coisa que ele comeu? – arriscou minha tia.

O doutor, estarrecido, nem ouviu. Que coisa, murmurava. Que coisa espantosa. Minha tia pigarreou, repetiu a pergunta. O doutor olhou-a, sem entender. Finalmente, se deu conta do que ela estava falando.

– Comida?... – Ficou uns instantes em silêncio, cofiando a barbicha rala, mas sempre com aquela cara de assombro. – Comida?... Não sei. Acho que não. Não. Da comida não deve ser.

A resposta, hesitante, teve pelo menos o dom de acalmar titia: não era ela, durante tantos anos a cozinheira exclusiva do meu tio, a causadora daquela situação. Tão animada ficou, que arriscou uma nova tentativa diagnóstica:

– Gases? Eu, quando estou com gases, tenho a impressão que vou subir de um momento para outro.

– Gases? – O doutor olhou-a de novo. – Não, não deve ser. – E antes que minha tia aventasse mais uma hipótese, cortou o papo: – Eu tenho de examinar este homem. Mas lá em cima não pode ser. Vocês têm de dar um jeito de trazê-lo para baixo.

– É pra já – eu disse. E rapidamente – a verdade é que já estava adquirindo prática – repeti a manobra da corda, e, com a ajuda de minha tia, coloquei o homenzinho na cama. Ali ficamos a segurá-lo, enquanto o médico o examinava. O que ele fez com alguma hesitação – parecia estar palpando o habitante de um outro planeta – mas com a característica perícia de um clínico experimentado.

Não encontrou nada de errado. O pulso e a pressão arterial estavam normais; o coração funcionava bem.

– Um mistério – disse, quando terminou. – Verdadeiro mistério. Eu acho...

Antes que ele concluísse, dei um pulo: acabara de avistar alguém espiando pela janela!

Larguei meu tio – que imediatamente subiu para o teto, os fracos músculos da mulher não sendo suficientes para mantê-lo no leito – e corri para a porta, a tempo de avistar alguém que saía pela rua em desabalada corrida: o rapaz de óculos escuros. Fui atrás dele, mas sem conseguir alcançá-lo: já tinha desaparecido na escuridão. Furioso, voltei para casa.

– Quem era? – quis saber o médico, e eu expliquei. Hum, fez ele, não admira que essa gente de rádio esteja interessada. O caso é mesmo surpreendente. E acrescentou:

– Na verdade, a gente precisa levar este homem para um hospital e fazer uma investigação completa.

– Não, doutor! Pelo amor de Deus, não faça isso! – gritou meu tio lá de cima.

– Por que não? – perguntou o médico. – Se é para seu bem, por que não?

– Porque eles vão querer me operar. Tenho certeza que vão me operar!

Um temor compreensível, mas infundado: operar o quê? Se meu tio tivesse um órgão anormal, como a bexiga natatória que faz os peixes flutuarem, ainda se entenderia. O médico tentou argumentar nessa linha, e em outras, mas meu tio estava irredutível:

– Para o hospital não vou. Tomo qualquer remédio, faço dieta, mas para o hospital, de jeito nenhum.

– Desisto – disse o médico, por fim. – Tenho problemas na coluna cervical, não posso ficar olhando para cima e batendo boca.

E para a minha tia:

– Me chame quando esse cabeçudo mudar de ideia.

Pegou a maleta e foi embora. Minha tia e eu nos olhamos, consternados. De momento, porém, nada havia para

fazer. De modo que baixei meu tio, apesar de seus protestos – durmo muito melhor aqui em cima, por que não me deixam ficar aqui? – despedi-me de minha tia e, cansadíssimo, fui para meu quarto. Deitei-me vestido e adormeci imediatamente.

Acordei cedo. Meus tios ainda dormiam, ela na cama, ele na sua poltrona. Fui até a cozinha, preparei um sanduíche que devorei imediatamente – no dia anterior tinha comido muito pouco – e fui espiar a rua. Eu sabia quem queria ver; e não me decepcionei. Laura estava ali, varrendo a calçada. Abri a porta da frente:

– Oi, Laura.

– Oi – disse ela, com um sorriso que – daquela distância – me derreteu por dentro. Olhou para os lados:

– Pode vir. Ela não está.

Atravessei a rua em dois saltos. Durante uns segundos ficamos nos olhando e sorrindo, sem saber o que dizer.

– Bonito dia – falei por fim, um comentário que me pareceu perfeitamente idiota, mas que ela recebeu como se fosse uma mensagem da mais alta importância:

– Bonito, sim. Este vento também está muito gostoso. Na primavera sempre tem vento, não é mesmo?

– Você gosta de vento?

– Gosto. A calçada fica cheia de folhas, e aí eu passo mais tempo varrendo. E olhando as pessoas. Não preciso ficar trancada em casa.

– Sua avó não deixa você sair?

– Não deixa. Diz que na rua é muito perigoso. A vovó é um pouco esquisita.

– Minha tia acha que ela é uma feiticeira.

Uma observação desastrada, que lhe provocou uma careta de desgosto. Mas era por outra razão, como eu, surpreso, logo constatei:

— Antes fosse; pelo menos a gente não passaria necessidade. Mas as feitiçarias dela nunca dão certo.

E começou a descrever as experiências da avó.

— Uma vez ela fabricou uma vassoura voadora. Quer dizer: ela achava que era voadora. Numa sexta-feira de lua cheia subiu no telhado com a tal da vassoura e se despediu de mim, dizendo que ia voar para uma convenção de bruxas em Bogotá.

— E voou?

— Que nada. Caiu do telhado, quebrou um braço. Depois quis transformar chumbo derretido em ouro; teve uma intoxicação com a fumaça e foi parar no hospital.

Narrou uma longa sucessão de fracassos; e concluiu:

— Agora quer arranjar um marido para mim. Um marido rico, que sustente nós duas. Você vê, Marcos, tirando uma pequena renda que meu pai me deixou, a gente não tem quase nada. A vovó foi ao INPS; lá disseram a ela que não davam aposentadoria a feiticeiras. Ela voltou furiosa. Disse que ia fazer um feitiço para ganhar na loteria.

— E ganhou?

— Que nada. Gastamos um dinheirão com os bilhetes e não ganhamos um tostão sequer.

Olhou o relógio:

— É bom você ir indo. Daqui a pouco ela está de volta.

— Mas quando é que a gente vai se ver? — perguntei, ansioso.

– Eu te aviso – respondeu e, diante do meu desapontamento, segurou-me o braço: – Não fique chateado Marcos. Eu gosto muito de conversar com você.

– Eu também gosto de estar com você. Não sou o príncipe encantado que sua avó está procurando, mas comigo você pode contar.

Nesse momento passou por nós o rapaz da rádio, numa moto. Ao me ver, sorriu:

– Preciso falar com você, Marcos!

Perdi a cabeça.

– Vem cá, sem-vergonha! – berrei, inteiramente fora de mim. – Vem cá que te quebro a cara!

Ele riu, acelerou e desapareceu na curva da esquina.

– Você conhece esse rapaz? – perguntou ela, assustada, mas divertida.

– Sei que ele trabalha numa rádio. – Eu ainda arquejante. – E desconfio que seja um grande safado.

– O nome dele é Jorge. É meio parente nosso, mas minha avó não quer que eu fale com ele. Uma vez levou a coitada lá na rádio, para uma entrevista. Ficaram debochando dela; deram-lhe uma vassoura, perguntaram se ela podia voar ali no estúdio. Minha avó voltou de lá arrasada. Com razão, você não acha? Mas me diga: por que é que você queria brigar com o Jorge?

Por um momento estive tentado a lhe contar o que acontecera na noite anterior; mas aí teria de falar sobre o caso do meu tio, e a verdade é que ainda tinha medo de fazê-lo. Por quê? Porque não confiava nela? Talvez. O certo é que vacilei. E essa vacilação tinha um significado – que à época eu não podia apreender. É preciso que o tempo passe para que a gente entenda a mensagem contida em nossas vacilações.

Inventei uma história; não inteiramente inverídica. Disse que havia procurado Jorge no estúdio da rádio e que ele me tratara mal, me ofendera na frente de várias pessoas, e que eu agora queria uma desforra. Não vale a pena, ela disse. É, respondi, acho que não vale mesmo a pena.

Voltei para casa. Titia me esperava, impaciente:

— Você saiu de novo, Marcos? Aposto que foi namorar a neta da bruxa.

— Não, titia – menti. – Fui dar uma volta por aí, só isso. Afinal, não conheço nada desta cidade.

— Verdade – suspirou ela. – Eu sei, Marcos, que você nunca veio para cá, que eu deveria levar você para passear. Mas acredite: não tenho cabeça para isso. Você entende, não é?

Eu disse que entendia. Ela sorriu, e era a primeira vez que o fazia:

— Quando seu tio melhorar, prometo que lhe mostro toda a cidade.

E será que ele melhoraria? Uma pergunta que eu não ousava me fazer. A tia apanhou a bolsa:

— Vou fazer umas compras. Você fique aí com seu tio. Volto antes do meio-dia.

Saiu. Fui até o quarto; meu tio, acordado e amarrado, assistia a um programa na pequena TV preto e branco. Era sobre um homem voador, o que lhe dava evidente satisfação:

— Você vê, Marcos, tem gente que voa.

– Isso aí é um desenho animado, tio – ponderei. O sorriso desapareceu de seu rosto.

– Tem razão – murmurou. – É só um desenho.

E acrescentou, com um suspiro:

– Eu sei, Marcos, que sou um sujeito esquisito. É o que todo mundo diz: que sou esquisito.

– Não diga isso, tio.

– Mas é verdade, Marcos. As pessoas sempre me olharam atravessado. No meu trabalho, por exemplo. Você sabe que eu era mecânico de automóveis. Eu era o melhor profissional da oficina, todo mundo sabia disso. Mas também diziam que eu era louco, que falava sozinho. Mas eu não falava sozinho; falava com os motores. Não tem gente que fala com plantas? Pois eu falava com os motores. Sempre achei que isso ajudava. "Vamos lá, carburador, dá uma colher de chá." E o carburador funcionava direitinho. "Que é isso, parafuso, resolveu encravar?" No mesmo instante o parafuso se soltava. Mas o pessoal lá não entendia essas coisas. Zombavam de mim, faziam brincadeiras bobas; uma vez colocaram um rato no meu armário, com um cartão que dizia: "Fala comigo, tio".

Ficou em silêncio um momento, depois continuou:

– Com sua tia a vida também não tem sido fácil. Ela é muito boa para mim, cuida da casa, faz a comida, tudo. Mas também me acha estranho. E a verdade é que eu também não tratei bem dela. Você sabe, nunca tivemos filhos; fizemos de tudo, consultamos vários médicos, mas foi inútil. Essa infelicidade poderia ter nos unido, mas não foi o que aconteceu. Cada vez a gente foi falando menos; sua tia ficou rabugenta, eu também. Mais: eu fiquei esquisito.

Por isso não estranhei quando um dia de manhã acordei e me vi lá em cima, no teto.

— E como é que você se sentiu?

Ele hesitou.

— Bem. Para dizer a verdade, Marcos, não é de todo mau. Deve ser uma sensação igual à desses astronautas que a gente vê na televisão. Não é ruim, não, Marcos.

— Mas você não gostaria de voltar a ser como antes?

Ele vacilou.

— Não sei, Marcos. Para dizer a verdade, não sei. Eu gostaria que o tempo voltasse atrás, à época da minha juventude. Eu era um rapaz forte, disposto; trabalhava numa metalúrgica. E sua tia era empregada num armazém. Todos os dias, à hora que eu saía do trabalho, passava no armazém, onde ela já estava me esperando, e íamos caminhar no parque. Namoramos um tempão; depois brigamos. Brigamos várias vezes, mas sempre nos reconciliávamos. E já estávamos de casamento marcado quando aquilo aconteceu.

— Aquilo o que, tio?

Ele hesitou; era-lhe penoso contar, via-se.

— Conheci outra moça. Vilma, era o nome dela. Não era tão bonita quanto sua tia, mas me atraía muito mais. Fiquei de cabeça virada, Marcos. Completamente transtornado. Sua tia acabou se dando conta do que acontecia e fez um escândalo. Me botou contra a parede, me intimou a decidir. E eu escolhi ficar com ela, com a Clara. Mas você pode imaginar o sofrimento que isso me causou.

— Imagino. E a outra moça?

— Não se conformava. No dia em que lhe anunciei minha decisão, disse: você ainda voltará para mim, Isaías, juro. O tempo passou, nunca mais a vi. Um dia fomos despejados do apartamento em que morávamos, e nos mudamos para cá. E então eu descubro que a Vilma morava na casa em frente.

— Quê! — Eu, incrédulo. — A bruxa, titio?

— Não fale assim, Marcos.

— Desculpe, tio, mas é que me escapou. Quer dizer que a bru..., a avó da Laura foi sua namorada?

— Isso mesmo.

— E a titia sabe disso?

— Não. Nem desconfia.

— Incrível! E ela reconheceu você?

— Claro. Mas ficou firme. Apenas nos cumprimentamos, e isso é tudo. Nem podia ser diferente, pois sua tia a detesta, aliás como toda a vizinhança. Mas eu sei que ela ainda gosta de mim, Marcos.

Ficamos em silêncio, eu ainda perplexo com aquela história inacreditável. E de repente uma coisa me ocorreu: será que aquela coisa de feitiçaria não tinha a ver com meu tio? Não seria uma tentativa desesperada da dona Vilma para recuperá-lo? Antes que eu pudesse dizer o que me ocorrera, bateram à porta.

Era o médico:

— Sim — ele disse —, você me recebeu, estou me lembrando de você.

— Como? — Eu não estava entendendo.

Ele hesitou:

— Posso entrar?

— Claro, doutor. Entre, entre.

Ele entrou, fechou a porta atrás de si.

– É o seguinte. – O tom era confidencial, e havia uma expressão de amedrontada desconfiança em seu rosto. – Eu sou um homem velho, sabe? Então às vezes me acontecem coisas que não sei explicar. Uma vez, no meio da noite, atendi ao telefone uma pessoa que estava com cólicas, mandei fazer uma série de coisas – e no dia seguinte não me lembrava de nada. A paciente procurou-me para agradecer a receita, disse que tinha sido maravilhosa, e eu nem sabia do que estava falando. Agora, quero perguntar uma coisa a você: eu estive aqui ontem à noite?

– Esteve, doutor. Minha tia chamou o senhor.

– Menos mal – disse ele, aliviado, mas seu rosto voltou a se toldar de preocupação: – E eu atendi um homem? Seu tio?

– Atendeu.

– E ele flutuava no ar?

– Isso.

Ele botou a mão na cabeça.

– Meu Deus, então era verdade. Eu não sonhei, não imaginei, não estou caducando!

Ficou um instante imóvel, a boca aberta, o olhar fixo. Depois voltou-se para mim:

– Posso ver seu tio de novo?

– Claro. Passe aqui.

Levei-o até o quarto. Meu tio, amarrado em sua poltrona, cumprimentou-o, numa voz incolor:

– Bom dia, doutor Amâncio. Que bons ventos lhe trazem?

O médico apontou as cordas com um dedo trêmulo:

– Dá... Dá para soltar ele?

– Que diz, tio?

Ele encolheu os ombros:

– Por mim... Você sabe que gosto mais de estar lá em cima.

Soltei meu tio que, como já esperado, subiu direto para o teto. Ficou examinando com interesse um alçapão que ali havia:

– Tenho de fechar este alçapão. Pode entrar ladrão por aqui.

Meu Deus, gemia o doutor, meu Deus. Então é verdade. Voltou-se para mim:

– Marcos, seu nome é Marcos, não é?, quero dizer a você uma coisa: estamos diante de um dos fenômenos mais extraordinários já registrados na espécie humana. Eu ontem falei que esse homem precisava ser levado para um hospital. Pois acho que isso é pouco. Temos de apresentar o caso do seu Isaías às mais altas autoridades médicas, aos professores da faculdade. Vou telefonar imediatamente para os colegas. Amanhã viremos aqui em comissão.

– Mas doutor...

Ele interrompeu-me com um gesto:

– Não admito contestações. Se ontem mostrei-me indeciso, vacilante, era porque estava cansado. Hoje, na posse plena de minhas energias, declaro: este caso pertence à ciência! E ninguém pode barrar a marcha da ciência!

Pegou a maleta e o guarda-chuva (casualmente estava para chover, mas parece que ele usava guarda-chuva sempre):

– Até amanhã. E vão pensando em todos os antecedentes e detalhes que possam ajudar no diagnóstico.

E se foi, deixando-nos ali, imóveis, estarrecidos.

– E agora? – perguntou meu tio, visivelmente alarmado. – O que é que a gente faz, Marcos?

– Vamos raciocinar – eu disse, e sentei-me; mas antes que pudéssemos raciocinar a porta se abriu. Era minha tia. Vinha com um enorme saco de compras:

– Marcos – disse, excitada –, acho que descobri a solução do problema. Não foi a comida que fez mal para o teu tio. Foi a falta de comida! Ele não se alimentava direito, Marcos! Beliscava uma coisinha aqui, outra ali, como um passarinho. Você não acha que se a gente der para ele alimentos bem nutritivos, coisa de substância, ele pode ficar bom? Não acha, Marcos?

– Acho que a senhora tem de perguntar para ele, titia.

– Para ele? – Olhou-me, espantada. – Por quê? Ele não está em condições de dizer o que lhe serve. Nós é que temos de providenciar.

– Mas eu é que vou decidir – gritou meu tio.

A tia Clara deteve-se, assombrada:

– Você... Você gritou comigo, Isaías?

– Gritei. E vou gritar mais, se for necessário. Quem está voando aqui, você ou eu?

– Você, Isaías – ela respondeu, num fiapo de voz.

– Pois então resolvo. Quero um bife, arroz, três ovos fritos...

– Três?

– Você é surda? Três!

– Mas Isaías, ovo frito...

– Não discuta! Três ovos fritos. E batata frita. Uma travessa inteira de batata frita.

Um pálido sorriso iluminou o rosto dela.

– Que bom – disse, com os olhos úmidos – ver você tão disposto, Isaías! Que bom! Sabe de uma coisa? Se você está voando ou não, pouco me importa. Você gostando de minha comida é o que basta! Vou já preparar o almoço!

Pegou o saco de compras e correu para a cozinha, enquanto meu tio ficava ali, ofegante ainda, mas triunfante:

– Finalmente eu consegui. Depois de todos esses anos, finalmente consegui dizer o que tinha vontade de dizer.

A satisfação durou pouco; logo em seguida ocorreu-lhe:

– E esses doutores todos que vêm aí, Marcos? Como é que a gente vai se livrar deles?

Eu dava tratos à bola, desesperadamente, buscando uma solução.

– Quem sabe a gente esconde você?

– Mas onde? Daqui de casa você não pode me tirar. Não vou andar pela rua flutuando no ar.

Eu olhava para o teto:

– E aquele alçapão? Você passa por ele, tio?

– Passo, sim. Sempre que preciso consertar o telhado ou a instalação elétrica, é por ali que entro.

– Pois então? Você fica escondido, enquanto eu desconverso os médicos, se é que eles vão mesmo aparecer. Depois vou lhe buscar.

Ele sorriu.

– Que seria de nós sem você, Marcos? Você é um ótimo rapaz. Ah, se eu tivesse tido um filho como você...

Enxugou os olhos.

– Vamos lá, titio – eu disse, embaraçado – não é para tanto. Mas já estava a ponto de chorar, também; felizmente nesse momento a titia apareceu, dizendo que o almoço estava pronto.

Puxei o tio lá de cima, e coloquei-o numa poltrona (amarrado, claro, para ele não flutuar de novo); e aí arrastamos essa poltrona até a sala de jantar. Onde nos defrontamos com um problema: a poltrona era muito baixa, ele não podia comer.

Troquei então a marreta de ferro que lhe servia de lastro por um martelo, um alicate e um pacote (meio quilo) de pregos, tudo coisas que ele tinha em casa. Com isso ele ascendeu no ar o suficiente para ficar ao nível do prato. Era uma coisa estranha, aquilo: a brisa que entrava pela janela aberta fazia-o oscilar suavemente. Como se estivesse num barco.

Mas não era para meu tio que eu olhava nesse momento. Quem eu olhava, pela janela aberta, era Laura. Ali estava ela varrendo distraidamente a calçada. Meu Deus, ela era linda. Como ela era linda.

– Você não está comendo nada, Marcos.

A observação tirou-me do devaneio:

– Falou comigo, titia?

– Eu disse que você não está comendo nada. Seu bife vai esfriar.

– Deixa o rapaz – interveio meu tio. – Não vê que ele está apaixonado?

– Que é isso, titio – protestei, sentindo que ficava vermelho.

– Ora, Marcos – sorriu ele –, é só olhar pela janela. Daqui onde estou, por exemplo, se vê perfeitamente a causa de sua perturbação.

– A menina é bonita – observou minha tia. – Pena que seja neta da bruxa.

– Ora, a mulher não parece tão ruim assim – arrisquei.

– Que é isso, rapaz. Para mim essa velha tinha de estar na cadeia. Ou no hospício.

Levantou-se, começou a tirar os pratos da mesa. Meu tio disse que estava com sono, pediu que eu o levasse para o quarto. Pouco depois, minha tia também vinha tirar a sesta.

Corri para a janela da frente. Decepção: Laura já não estava ali. Vou até lá ou não? – pensei. Mas, e se a avó dela estiver lá e não gostar de mim? Provavelmente não sou o príncipe encantado que ela quer para a neta. Mas, por outro lado, quem disse que eu preciso dar bola para as manias de uma velha maluca? Verdade que, maluca ou não, é a avó, a mulher que criou a Laura...

Durante um bom tempo fiquei naquela dúvida – até que, de repente, bateram à porta. É ela, pensei animado por uma súbita (e evidentemente absurda) esperança.

Não era Laura. Era o rapaz de óculos escuros, da rádio; o Jorge. Mas era muito cara de pau, aquele sujeito!

– Que é que você quer aqui? – berrei, inteiramente fora de mim. Depois, lembrando-me de que meus tios estavam dormindo, baixei a voz: – Você ainda tem coragem de aparecer por aqui?

Ele ergueu as mãos num gesto apaziguador:

— Calma, Marcos. Calma. Primeiro você me ouve. Depois, se você quiser me mandar embora, se quiser bater em mim, tudo bem. Mas me ouça.

— Está bem. Você tem um minuto.

— Posso entrar?

— De jeito nenhum. Fale daí mesmo.

— Está bem — ele sorriu, tolerante. — Não é muito educado, mas está certo, eu compreendo seu nervosismo. Escute: eu vi seu tio. Desculpe-me se espiei pela janela, mas você sabe, sou jornalista, e todo jornalista é curioso.

Fez uma pausa, e prosseguiu:

— Sei o que você está pensando: jornalista? Um sujeito que anota recados para a rádio é jornalista? Eu sei, Marcos, que não é isso exatamente o que um jornalista faz. Mas o seu tio é a minha chance, Marcos. O seu tio é o maior furo jornalístico que já apareceu neste estado, neste país, no mundo inteiro. Se eu levar seu tio à TV – pois é na TV que estou pensando, Marcos, não na rádio, aliás de que jeito mostrar na rádio um homem que flutua no ar? –, se eu apresentar à produção esse fenômeno, eles me contratam na hora.

— Mas você acha — perguntei, assombrado e indignado — que eu iria ajudar você a fazer uma coisa dessas? Mostrar meu tio como se fosse um bicho raro, para você se promover? Você é louco, cara. Além de sem-vergonha, você é louco.

— Espere um pouco. Você esquece que isso pode ser bom para ele. Você quer ver seu tio de volta à terra firme, não quer? Eu também — depois de mostrá-lo na TV. De modo que, se aparecer alguém que viu o homem e tem solução para o caso, não será ótimo para todos?

Aquela ponderação me abalou. Ele percebeu, e insistiu:

— Não falando na grana que vocês vão ganhar. Há um cachê para isso, Marcos. Um bom cachê. O suficiente para seu tio comprar uma casa bem melhor do que esta.

— Não se trata disso. Você pensa que o problema é dinheiro? O problema é que o homem não quer ser visto.

E falei sobre a reação do meu tio quando o médico lhe falara em trazer colegas. Também contei — mas aquilo foi mesmo uma tremenda bobagem, como eu depois descobriria — que estávamos planejando escondê-lo no forro da casa.

— Enfim — concluí —, nem para os doutores, nem para a TV. Sinto muito.

— Espere um pouco — ele começou a dizer, mas eu já estava fechando a porta.

Naquela noite desabou uma chuva torrencial. Que não chegou a me acordar: cansado, dormi como uma pedra. Despertei, como estava acostumado, antes do clarear do sol. Por uns minutos fiquei sentado na cama, bocejando e coçando a cabeça, e olhando para algo que, de início, não me pareceu estranho, mas que depois me intrigou: por baixo da porta do quarto entrava um filete de água. De onde é que vem essa água? — perguntei-me e, levantando-me, fui investigar.

Vinha do quarto dos meus tios, que estava praticamente inundado — o que minha tia, que ainda ressonava (tinha sono pesado), não percebera.

Mas o pior ainda estava por vir. Olhando para cima, não vi meu tio, que na noite anterior eu soltara para que ele dormisse, como preferia, de encontro ao teto. O alçapão estava aberto e sobre ele várias telhas tinham sido retiradas, deixando ver o céu cinzento. Era por ali que a água tinha entrado. E era por ali que Jorge – claro! – tinha roubado meu tio.

– O canalha! – gritei. Minha tia saltou da cama, assustada:

– O que foi, Marcos? Que aconteceu?

– Levaram o titio!

– Como? – Ela não estava entendendo. – Quem levou? Para onde?

– Não sei, titia. Não sei para onde levaram. Eles entraram por ali – mostrei o rombo no telhado – enquanto a gente estava dormindo.

– Ai, meu Deus! E agora, Marcos? Chama a polícia, Marcos!

– De que jeito, titia? O que é que eu vou dizer para os homens? Que o tio voava, e que alguém levou ele? Vão rir de mim. Não. Temos de pensar em outra coisa.

Jorge: eu precisava ir atrás do Jorge. Mas onde? Na rádio, certamente não: naquele momento deveria estar às voltas com meu tio. Em casa, talvez. Mas onde moraria? De súbito me lembrei: Laura! Ela certamente saberia.

Atravessei a rua correndo, bati à porta da casa, rezando para que a dona Vilma não me visse. Mas não tive sorte: foi a própria quem me abriu a porta.

– Quem é você? O que quer? – perguntou, hostil.

– Quero falar com a Laura, dona Vilma.

– Você sabe meu nome? – Ela surpresa mas ainda defensiva. Hesitou: – A Laura não pode atender. Não agora. Volte mais tarde.

— Mas eu preciso falar com ela. É urgente! Caso de vida ou morte.

Ela me olhava, fixo. Por fim seu rosto se abrandou um pouco (e aí vi que tinha mesmo sido bonita).

— Está bom. Entre, então.

Entrei. Não parecia casa de feiticeira: pelo menos eu não estava vendo por ali nem peles de sapos, nem caldeirões fervendo, nem vassouras mágicas. Uma casinha pobre, em tudo semelhante à dos meus tios: poltronas de plástico, uma mesa, um pequeno televisor. Como que adivinhando meu pensamento, ela disse:

— Não era o que você estava imaginando, hein, rapaz? A casa da bruxa. Mas não fique decepcionado: é lá nos fundos que eu trabalho. O dia que você precisar de algum serviço, coisa de amor ou de dinheiro, me procure. Não cobro caro. Pelo menos não cobro o que essas madames do centro da cidade pedem. Se sou bruxa, sou bruxa de vila popular.

E casquinou uma risadinha. Laura apareceu, surpresa, enxugando um prato:

— Com quem está falando, vovó? — Ao me ver, hesitou, contente, mas perturbada com o que podia imaginar ser uma temeridade de minha parte: — Mas é o Marcos! O que está fazendo aqui?

— Ah, mas já se conheciam! — A velha, surpresa e desconfiada.

— O Marcos está morando aí na frente, com os tios dele.

— Hum — fez a velha. — Então você é sobrinho da Clara. Ela deve ter contado um bocado de coisas a meu respeito, não é? Coisas não muito boas, decerto. Eu compreendo. Mas isso agora não vem ao caso. Fale com a Laura o que você tem de falar, e rápido, porque ela ainda precisa preparar o almoço.

Ia saindo, voltou-se:

— Você é rico?

— Não, senhora.

— Eu sabia. Nada dá certo. Nada.

E se foi. Laura correu para mim:

— Você é louco, Marcos! A minha avó é uma fera, você não sabe disso?

— Não me pareceu — repliquei. — Ao contrário, parece que ela gostou de mim. E há razões para isso.

— Razões? Quais razões? — Ela surpresa.

— Depois eu conto para você. Agora tem uma outra coisa...

– Qual coisa? – perguntou ela e, ao ver que eu vacilava, impacientou-se: – Puxa, mas com você é difícil mesmo, hein, Marcos? Fala, homem! Desembucha!

– Bom, Laura. A coisa é assim: faz uns dias, meu tio começou a flutuar.

– Seu tio o quê?

– Começou a flutuar. – Ah, mas aquilo era demais; não fossem aqueles grandes olhos dela, cheios de espanto, mas também de doçura, eu teria batido em retirada. – Ele subiu no ar, sabe? Como um balão.

– Como um balão, Marcos?

– É isso aí. Como um balão.

– Incrível, Marcos. Incrível!

Súbita desconfiança:

– Você não está me gozando, Marcos, está?

– Pelo amor de Deus, Laura. Você acha que eu brincaria com um assunto desses? E você acha que eu brincaria com você, Laura? Eu te adoro!

Ela sorriu, terna.

– Está bem, Marcos. Me desculpe. Eu acredito em você. Essa história é incrível, mas se você diz, deve ser verdade.

Refletiu um instante, e acrescentou:

– Homem flutuando... É, minha avó me falou disso. Ela dizia que, se quisesse, podia fazer uma pessoa flutuar no ar. Mas ela também dizia que podia fazer qualquer pessoa se apaixonar – e nunca conseguiu nada disso. Agora vem você e me diz que seu tio subiu no ar como um balão! Minha avó precisava ver isso. O que é que você vai fazer, Marcos?

– Não sei. Na verdade, nem sei onde está meu tio. Ele foi sequestrado. E acho que sei quem o sequestrou: o Jorge.

– Quê! O Jorge? Mas por quê, Marcos? Por que ele faria isso?

– Para mostrar o homem na TV. – E falei sobre a proposta que Jorge me fizera. Ela sacudiu a cabeça:

– É bem dele, mesmo.

– Você sabe onde ele mora?

Deu-me o endereço. Não era longe; corri até lá, apenas para ver confirmadas minhas suspeitas: Jorge não estava em casa, a mãe não sabia dele:

– Parece que andou por aqui ontem à noite. Não sei, eu estava dormindo. Mas esse carro que está aí na frente é de um amigo dele, que às vezes o ajuda no trabalho da rádio.

Agradeci e fui saindo. Antes de ir embora, lancei um olhar ao automóvel, e o que vi, sobre o banco traseiro, me fez estremecer.

A corda de plástico. A corda que eu tinha amarrado na cintura do meu tio à noite, para poder baixá-lo de manhã. Mais que isso: ao lado da corda havia um papel escrito. Tentei desesperadamente forçar o vidro, mas não consegui. Nesse momento apareceu a mãe do Jorge:

– O que é que você está fazendo aí, rapaz?

– Nada, não senhora – eu disse, e escapuli. A única coisa que eu tinha visto no papel era um nome, em maiúsculas: SIBIL. O que podia ser aquilo?

Eu não tinha a menor ideia. Mas uma coisa era certa: precisava de auxílio, não só para encontrar o Jorge, como para libertar meu tio. Jorge certamente não estaria sozinho; provavelmente o amigo o estava ajudando no sequestro. Eu até podia imaginar o que havia acontecido: depois de tirarem meu tio de casa, pelo telhado, eles tinham vindo até a casa de Jorge, onde trocaram de carro. E depois?

O Capitão Rojão! De repente me lembrei dele. Mas será que me ajudaria? Eu ainda estava magoado pelo que julgava uma demonstração de pouco caso quando de nossa despedida no ônibus; você sabe, naquela época eu exigia demais das pessoas, amizades incondicionais, lealdades absolutas. Mas, magoado ou não, a verdade é que não conhecia outra pessoa que pudesse fazer algo por meu tio, naquele momento; meu pai e meu irmão estavam longe, minha tia era uma pobre e desamparada mulher. O Capitão, sim. Só a ele podia recorrer.

Fui até a casa, para apanhar o endereço dele, mas lá chegando, tive outra surpresa: o médico, acompanhado de vários senhores, provavelmente doutores, estava na frente, discutindo com minha tia, que contava com duas aliadas inesperadas: Laura e a avó dela. Eu já disse que ele não está aqui, gritava minha tia, e a avó de Laura:

— Por que não deixam essa pobre mulher em paz? Vão embora!

Os médicos se olhavam, confusos. O velho Amâncio está caduco, ouvi um deles resmungar, nos mete numa fria dessas.

Entrei furtivamente pelo lado, fui até meu quarto, apanhei o endereço do Capitão Rojão, saí e, tomando um táxi (caro, mas que podia eu fazer? Tratava-se de uma emergência) fui até lá.

Era um casarão meio arruinado, num bairro decadente da cidade. Não havia campainha; bati palmas e lá de dentro uma voz bradou:

– Pode entrar; não tem cachorro.

Fui entrando. Nos fundos da casa havia um grande galpão e ali estava ele trabalhando no que parecia ser um avião, mas de estranho formato; isso que hoje chamamos de ultraleve.

– É uma bolação minha – disse. – Acabei agora mesmo de montá-lo.

Olhou-me melhor:

– Mas vejam quem está aqui! É o rapaz do ônibus! Marcos, não é? Então, Marcos, que bons ventos te trazem?

– Não muito bons – eu disse.

Ele me fez sentar, e comecei a contar a história. Ficou assombrado – e encantado – quando lhe falei de meu tio flutuando no ar.

– Mas isso é extraordinário, Marcos! Já imaginou o que esse homem pode fazer? Ele pode, por exemplo, levar mensagens a distância. Pode...

Interrompeu-se, ficou um instante pensativo:

– Na verdade, não pode fazer nada que já não esteja sendo feito. É uma pena, Marcos, mas a nossa época está acabando com a imaginação, com a fantasia. Muita tecnologia, você sabe.

– O problema não é esse, Capitão. O problema é que meu tio desapareceu.

E contei o ocorrido. Ouviu-me com interesse, ficou um instante em silêncio, depois perguntou:

– Como era mesmo o nome que você leu no papel que estava no carro?

– SIBIL. Com maiúsculas.

– SIBIL. Não me é estranho. SIBIL...

Deu um tapa na testa:

– Claro! É o nome de uma firma que fabricava mono-motores e que foi à falência. Eles têm um hangar enorme, que agora está abandonado. O Jorge e o amigo dele devem ter colocado teu tio lá. Bem bolado! É um bom lugar para fazer experiência com um homem que voa. E ninguém vai incomodá-los ali.

– E então?

– Então! Vamos até lá, e voltamos com seu tio. Que, aliás, estou ansioso por conhecer.

– E se eles reagirem?

Sorriu, superior:

– Você não me conhece, rapaz. Eles que experimentem.

O Capitão não tinha carro, mas tinha duas velhas bici-cletas. E foi de bicicleta que chegamos, já noite fechada, ao tal hangar da SIBIL. Era realmente um lugar assusta-dor, uma enorme construção, com telhado de zinco e vi-dros quebrados. Deixamos as bicicletas ocultas no mato que invadia o terreno, aproximamo-nos cuidadosamente e espiamos por uma das janelas.

Ali estavam eles. Jorge, mais dois homens (eram três, então?) e meu tio, que, preso a uma corda bem maior que a que eu utilizara, flutuava livremente no amplo recinto.

– Ele flutua mesmo! – disse o Capitão Rojão, maravi-lhado.

– Sim, mas como vamos fazer para tirá-lo daí?

Ele me olhou:

– Você tem certeza que não quer mesmo entregar o ca-so à polícia?

– Tenho. Meu tio não suportaria essa confusão toda.

– Está bem – disse o Capitão Rojão. – Então temos de bolar alguma outra coisa.

Examinava atentamente o lugar.

– Será muito difícil a gente entrar e sair com seu tio. Mesmo que fizéssemos um ataque de surpresa, não conseguiríamos fugir levando um homem que flutua. A menos que...

Olhava para o teto:

– As folhas de zinco desse telhado estão completamente soltas. Seu tio poderia sair por ali, como saiu da casa, pelo telhado.

– Você quer dizer: a gente entra lá correndo, solta o tio...

– Não: *você* entra lá correndo.

– Eu? – Por essa agora eu não esperava: eu, entrar lá dentro e enfrentar o Jorge e os seus amigos? Eu sozinho? – Mas eu não posso...

– Pode, sim. Você vai ver que pode. Você entra correndo, solta o seu tio e antes que eles percebam o que aconteceu, você já saiu.

Eu não estava inteiramente convencido, mas logo vi que não adiantava discutir: o Capitão não iria mudar seu plano.

– E você?

– Eu. Pois é. Eu – suspirou. – Aí está o problema. Ou melhor, aí é que a solução se transforma em problema. De acordo com meu plano, alguém teria de recolher seu tio de avião: eu, naturalmente.

– Mas isso é loucura! Como é que você vai pegar o homem em pleno ar?

Ele disse que isso não lhe seria difícil, já tinha participado em shows de acrobacia aérea, desses em que um homem pula de um avião para outro.

– O problema é outro.

– Qual?

Tornou a suspirar.

– Foi aquilo que eu te falei, Marcos. Faz muitos anos que não piloto. Construí aquele monomotor para um amigo, mas se eu tivesse de decolar nele, passaria por maus bocados. Eu precisaria vencer esse trauma, essa coisa que eu tenho desde que me proibiram de voar.

Ficou em silêncio um instante. Depois olhou-me, esperançoso:

– E quem sabe chegou o momento, Marcos? Quem sabe chegou o momento?

Deu-me uma palmada nas costas:

– É isso. Chegou o momento. Tenho de tentar: é agora ou nunca.

Explicou-me o plano. Ele iria até a casa dele e voltaria pilotando o monomotor. Quando estivesse sobrevoando o hangar, eu deveria entrar correndo, cortar a corda que prendia meu tio (deu-me um canivete para isso) e fugir em seguida:

– Eles vão ficar tão alarmados que nem se preocuparão contigo.

– É o que eu espero – murmurei.

Ele se despediu de mim e foi. Durante um tempo, que me pareceu uma eternidade, fiquei observando Jorge e seus amigos, que faziam toda sorte de manobras com meu tio: aparentemente um ensaio do que pretendiam mostrar na TV.

O Capitão não chegava e eu já estava agoniado – teria desistido? Teria havido um acidente? –, quando de súbito ouvi o ronco de um motor. Logo em seguida apareceu o pequeno avião: era ele. Os homens lá dentro também escutaram e se inquietaram.

– Você fica aqui – gritaram para Jorge –, que nós vamos lá fora ver o que está se passando.

E saíram pelos fundos.

Era a minha oportunidade. Abri uma das janelas basculantes, saltei para dentro e corri em direção a meu tio. Quando Jorge me avistou, canivete na mão, ficou aterrorizado:

– Não, Marcos! Não faça isso! Eu posso explicar, Marcos! – Ignorei-o, fui direto à corda que prendia meu tio, e que estava amarrada a um pesado caibro, e cortei-a:

– Não se assuste, tio! Tem um homem lhe esperando lá fora, de avião!

Ele não pôde responder e muito menos perguntar que história era aquela; subiu no ar e, levando de roldão as chapas de zinco do teto, desapareceu na noite.

Corri para fora, para assistir às cenas mais fantásticas já vividas no céu de qualquer cidade. Contra uma enorme lua de primavera, o vulto de meu tio, a corda pendente, subindo, subindo sem parar. Em seu encalço, o aviãozinho do Capitão Rojão. Durante uns aflitivos momentos pensei que o Capitão perderia a corrida; que meu tio entraria em órbita e que nunca mais o veríamos (a menos que, no futuro, fosse resgatado por uma estação espacial – mas naquele momento eu não tinha cabeça para tais voos de imaginação). Finalmente, o Capitão conseguiu emparelhar com ele; e estendendo a mão, pegou a corda. E aí, rebocando meu tio, desapareceu na noite.

Ainda ouvi Jorge e os homens discutindo em altos brados; mas a essa altura não estava mais interessado neles. Peguei a bicicleta e fui, a toda velocidade, para o lugar em que o Capitão deveria pousar: um grande terreno baldio, ao lado mesmo de sua casa. Quando cheguei, ele já estava lá; meu tio, a corda amarrada num moirão de cerca, balouçava no ar.

– Tudo bem, titio? – perguntei.

– Tirando essas correrias – respondeu ele, meio azedo –, tudo bem.

O Capitão Rojão se aproximava.

– O senhor tem de agradecer sua salvação a este homem, titio.

– Não – retrucou o Capitão. – Eu é que tenho de agradecer. Recuperei a confiança em mim mesmo, gente. O que fiz essa noite me convenceu: sou o maior piloto do mundo.

– E o mais modesto também – eu disse.

Ele riu, eu ri; até meu tio, com algum esforço, conseguiu sorrir.

– Será que a gente podia ir para casa, Marcos? – perguntou. – A Clara deve estar preocupada. Ela nunca conseguiu dormir antes que eu chegasse.

– Eu cuido disso – disse o Capitão. – Esperem um pouco.

Foi à casa de um amigo ali perto e arranjou uma camioneta, na qual meu tio, devidamente amarrado, foi levado à sua casa.

Amanhecia quando lá chegamos. A reação de minha tia, que não dormira toda a noite, foi indescritível. Chorando, abraçou-se ao marido:

– Você está de volta, Isaías! Que bom que você está de volta! Nunca mais vamos nos separar, Isaías! Você pode voar quanto quiser, mas sempre perto de mim, Isaías! Porque você é o melhor homem do mundo!

Que é isso, mulher, dizia meu tio, embaraçado, e eu, para poupá-lo um pouco daquelas exuberantes manifestações de carinho, puxei minha tia pelo braço:

– Quero lhe apresentar aqui o nosso amigo, Capitão Rojão, que salvou o dia, ou melhor, a noite, com seu avião.

– Avião? – Minha tia, espantada.

– É uma longa história, minha senhora – disse o Capitão. – Depois o Marcos aqui lhe conta.

Espiei pela janela nesse momento – e, sim, lá estava ela, e me viu, e me abanou – e aí não me contive: como uma flecha atravessei a rua, puxei-a para mim e beijei-a; era a primeira vez que eu beijava uma moça, mas senti que aquela experiência era única, definitiva, decisiva. Eu te adoro, Laura, murmurei, e ela, baixinho: eu também te adoro, Marcos. Ficamos ali abraçados, e eu não queria me separar dela, nunca mais; tudo o que desejava, naquele momento, era tê-la para sempre a meu lado. Eu estava apaixonado mesmo, filho: tão apaixonado quanto você possa imaginar.

Sim, sei o que você vai perguntar: mas se você estava tão apaixonado por ela, por que é que vocês não continuaram juntos? Por que não casaram? Bem, essa é uma pergunta para a qual não tenho uma resposta; ou, pelo menos, uma resposta completa, definitiva. Aliás, isso é coisa que a vida não nos dá: respostas completas, definitivas. Nós vamos vivendo, as coisas acontecem, as perplexidades surgem e a elas damos respostas provisórias, com as quais vamos tocando em frente. Naquele momento eu não poderia adivinhar que, nos anos seguintes, iria me afastando cada vez mais de Laura. Um processo que não se fez, como podes imaginar, sem dor. Houve um instante em que pensei que morreria de desgosto; foi quando soube que ela havia arranjado um outro namorado. Mas não morri. Ninguém morre disso. Aos poucos fui me recuperando. E se nunca mais vivi aquele instante mágico, vivi outros instantes que, não mágicos, me deixaram igualmente feliz. O momento em que conheci sua mãe, por exemplo.

Laura perguntou por meu tio:

— Conseguiram trazê-lo de volta?

Contei então tudo o que tinha acontecido, com muitos detalhes e muito suspense. Ela me ouvia, encantada. Quando terminei, não se conteve: gritou de alegria, bateu palmas, abraçou-me e beijou-me de novo.

— Mas o que é isso?

Era a avó dela, que acabava de entrar. Assustada, Laura quis escapar, mas eu a retive; segurando-a junto a mim, disse:

— Nós estávamos comemorando a volta do meu tio, dona Vilma.

Mirou-me e notei em seus olhos um lampejo diferente, expressão de uma emoção que não consegui identificar (um resíduo do antigo amor? Evidência de uma esperança que ainda resistia?), mas que era sem dúvida intensa.

– Ele voltou? E está bem?

– Está.

– Que bom. – E acrescentou: – Mas eu não gosto desses agarramentos. Não aqui na minha casa.

Fez-se um silêncio tenso, embaraçoso. E aí, com uma coragem que não sei, até hoje, de onde arranjei, eu lhe disse:

– Ora, dona Vilma, a senhora tem de nos compreender: a senhora também foi jovem, a senhora também já esteve apaixonada.

Ela me olhou, surpresa. Por um momento, achei que teria um ataque de fúria – ponha-se para fora, garoto metido –, mas subitamente a expressão de seu rosto se abrandou, e ela chegou a sorrir.

– Como é que você sabe? Seu tio lhe contou?

– É.

Durante um instante ela ficou imóvel, o olhar perdido, uma expressão de terna nostalgia no rosto.

– Foi muito bonito – murmurou, por fim. – Muito bonito, aquilo. Nunca gostei de alguém como gostei do Isaías. E nunca o esqueci. Nem mesmo depois que casei. Aliás, eu não me conformava, Marcos. Jurei que faria de tudo para tê-lo de volta.

Feitiços inclusive, foi o que pensei. Pensei mas não disse. Por quê? Eu deveria ter falado. Mas o certo é que não falei, e assim impedi que ela desabafasse, que contasse tudo, que revelasse (que o fizesse a nós, um rapaz e uma garota, pouco teria importado) o segredo que há tantos anos a atormentava. A verdade é que fiquei quieto, e ela também não falou mais. Fez-se silêncio, novamente, e eu então convidei-as a ir à casa de meus tios. Dona Vilma não queria ir, mas insisti: venha, meu tio gostará de ver a senhora. Será? – suspirou ela. – Será que ele gostará de me ver?

– Claro – eu disse, e naquele momento eu já não a temia, nem sequer achava que ela fosse uma bruxa; aliás, eu estava descobrindo que não há bruxas, há somente mulheres infelizes ou frustradas. Mas aí uma outra coisa me ocorreu: aquilo que era para ficar em segredo já estava se espalhando aos quatro ventos. Quantas pessoas já sabiam do meu tio flutuante? Muitas. E o que é pior, ali estava eu a convidar Laura e a avó para verem o homem. Por um momento tive vontade de voltar atrás, de dizer: melhor não, melhor deixar o tio em paz. Não disse nada; era tarde para voltar atrás; mas quando dei a mão a Laura, já não era com tanta paixão. Algo tinha acontecido naqueles poucos segundos. Algo estranho, que eu não conseguia perceber o que era, mas que me tornara subitamente adulto, tão adulto quanto se pode ser aos catorze anos. Tão adulto quanto o são, por exemplo, os garotos de catorze anos que vagueiam pelas ruas ou que trabalham para ganhar a vida.

Atravessamos a rua, entramos em casa – e encontramos titia parada, imóvel, olhar fixo, boca aberta.

– O que houve? – perguntei, assustado.

Sem uma palavra, ela apontou para meu tio; e percebi então a causa de seu assombro. O homem estava de pé, junto à poltrona – mas não amarrado a ela. Já não flutuava no ar.

– Como é que aconteceu isso? – balbuciei, perplexo.

– Agora há pouco – respondeu ela, numa voz que era quase um sussurro. – Ele começou a descer lentamente do teto e pousou devagarinho no chão. Aproximei-me dele; toquei-o. Não se moveu. Estava firme sobre o solo, tão firme quanto qualquer tio pode estar.

– Como é que você se sente, tio? – perguntei. Uma indagação tola, mas foi a que me ocorreu.

– Bem – disse ele, numa voz descolorida. – Muito bem.

Notou a presença de Laura e da avó:

– Alô, Vilma. Alô, Laura. Tudo bem?

– Tudo bem – disse dona Vilma.

Seguiu-se uma pausa tensa. Eu ia fazer um comentário qualquer – mas não foi preciso: um bando de gente já invadia a casa: o doutor, Jorge, os vizinhos, todo mundo querendo saber o que tinha acontecido, o que estava acontecendo, o que ia acontecer. O doutor, que no começo parecia furioso – afinal, minha tia lhe tinha causado um vexame na frente de outros médicos –, agora parecia abismado: estou sonhando, repetia, isto só pode ser um sonho, este homem andava pelo ar e agora está aí, caminhando no chão como qualquer mortal. Jorge, com um lábio partido e equimoses no rosto – levara uma surra de seus sócios –, insistia em se desculpar por ter sequestrado meu tio; apesar de eu lhe dizer que estava tudo bem, que não havia mais necessidade de pedir desculpas; e os vizinhos, por fim, faziam uma algazarra infernal. Mas o que foi, afinal, que aconteceu, perguntou um deles à minha tia. Estamos homenageando meu sobrinho, que veio do interior nos visitar, respondeu ela. A movimentação parecia exagerada para um fato tão corriqueiro – mas alguém acreditaria se ela dissesse: estamos celebrando a volta do meu marido à terra firme?

No dia seguinte voltei para casa. Titia pediu que eu não falasse nada do ocorrido a meu pai; que eu inventasse uma história de doença. Foi o que fiz: disse em casa que o titio adoecera; mas nada grave, já se havia recuperado. Àquela altura, bolar histórias era comigo mesmo. Foi um aprendizado instantâneo. Que eu acabei, como você viu, de exercitar.

Mas afinal, você deve estar se perguntando, o que é verdadeiro dessa história toda? Se você fosse crédulo, você estaria tentando estabelecer uma relação entre a Vilma e o meu tio, entre uma feiticeira incompetente que, tentando provocar o amor, faz levitar o homem que ama (talvez porque já não o ame o suficiente; talvez por agir a distância; se bem que é assim que as feiticeiras tradicionais agem, a distância. E nem tão grande. De um lado a outro da rua? Não tão grande).

Isso se você fosse crédulo, se você acreditasse nessas histórias. Mas sei que você é cético, que você quer a verdade, toda a verdade, nada mais que a verdade.

A verdade? Bom, é verdade que eu tive um tio chamado Isaías e uma tia chamada Clara; e é verdade que na frente da casa deles morava uma senhora chamada Vilma, que tinha uma neta, uma menina muito linda, por quem certa vez me apaixonei. E é verdade que conheci um homem chamado Rogério que pilotava aviões (hoje ele tem uma loja de aeromodelos no Rio de Janeiro). Também é verdade que conheci um rapaz chamado Jorge, que trabalhava numa rádio e é produtor de TV. O resto...

Ah, sim. É verdade que aqui no Sul a primavera chega trazendo um ventinho leve, amável, que arrebata chapéus e desalinha os cabelos das senhoras elegantes. Vem de longe, esse vento; vem lá da Patagônia. Uma terra de planícies desoladas, onde muitos exploradores deixaram suas ilusões. É possível que um deles tenha pensado, enquanto avançava penosamente rumo ao desconhecido, num lindo rosto feminino. E é possível que o vento da primavera tenha trazido, de longe e do passado, essa visão maravilhosa, esse sonho de um amor impossível, de um amor suspenso entre o céu e a terra. Foi essa a inspiração que me levou a contar a história? Uma pergunta cuja resposta um dia você, explorador intrépido, haverá de encontrar.

Quero mais

As aventuras de Marcos e seu tio flutuante ficaram para trás. Mas ainda não é hora de colocar os pés no chão.

Nas próximas páginas você vai sobrevoar a região Sul e conhecer um pouco da vida de Moacyr Scliar. Além disso, em um rasante, vai encontrar os eternos conflitos de geração, a história dos homens que queriam voar, o começo do rádio no Brasil, e mais.

Marc Chagall, *Sobre a cidade*, coleção particular.

Autor

Quem escreveu este livro?

Quando garoto, o gaúcho Moacyr Scliar (1937-2011) adorava ouvir histórias. Especialmente as que seus pais, imigrantes russos judeus, lhe contavam sobre a cultura judaica. Sua mãe, professora, também o incentivava a ler obras da literatura brasileira. Foi assim que ele descobriu Monteiro Lobato, Jorge Amado, Érico Veríssimo e outros autores.

Também foi desde cedo que surgiu o interesse por escrever. As primeiras historinhas que colocou no papel circulavam no bairro onde morava, em Porto Alegre. Na adolescência, ele passava o tempo devorando livros. Aos 15 anos, chegou a ter um conto publicado num jornal.

O desejo de se tornar escritor nunca deixou Moacyr, mesmo após ter decidido seguir a carreira de médico. Por sinal, a medicina é um dos temas mais presentes em suas obras, ao lado do judaísmo e de Porto Alegre.

Autor de mais de oitenta obras publicadas em vinte países, somando contos, romances, ensaios, crônicas e literatura juvenil, em 2003, foi nomeado membro da Academia Brasileira de Letras.

Outras obras de Moacyr Scliar:

Câmera na mão, O Guarani no coração

O carnaval dos animais

O centauro no jardim

A estranha nação de Rafael Mendes

O exército de um homem só

A guerra no Bom Fim

Mês de cães danados

O olho enigmático

A orelha de Van Gogh

Os voluntários

"Dar prazer e emoção ao leitor é a primeira tarefa do escritor."
Moacyr Scliar

Cinco questões para Moacyr

Livro que marcou sua infância:
A chave do tamanho, de Monteiro Lobato.

Livro que fez sua cabeça na adolescência:
Capitães de areia, de Jorge Amado.

Aventura que leu e gostaria de ter vivido:
As aventuras do índio Tibicuera, de Érico Veríssimo, as quais atravessam a história do Brasil.

Motivo para ler um livro:
Encantar-se.

Motivo para escrever um livro:
Encantar.

Você sabia?

Além de Moacyr Scliar, outros importantes escritores brasileiros vieram do Rio Grande do Sul. Mário Quintana, Lya Luft, Érico Veríssimo e seu filho, Luís Fernando Veríssimo, são exemplos de gaúchos consagrados que, com seus livros, ganharam prestígio no Brasil e no mundo.

Érico Veríssimo (um dos autores preferidos de Moacyr) e Luís Fernando Veríssimo (à direita) em Porto Alegre.

Comportamento

Conflito de gerações

Você lembra como começa a história deste livro? Em uma discussão com o filho, o pai ouve o garoto dizer que os adultos não têm imaginação. Sentindo-se desafiado, o mais velho resolve contar uma história, na qual recorda sua própria adolescência.

Esse tipo de desajuste entre pais e filhos é muito comum. Pessoas de idades diferentes têm jeitos também diferentes de ver o mundo. Por isso, a comunicação pode ficar difícil. O adulto diz que o jovem é rebelde. O jovem responde que o adulto é antiquado. Acusações como essas fazem parte do que chamamos de conflito de gerações.

Certamente, você já vivenciou alguma situação desse tipo. Afinal, alguém mais velho mais de uma vez deve ter criticado suas roupas, seu penteado ou seu jeito de falar e pensar, certo? Talvez, mais tarde, você faça o mesmo comentário que essas pessoas e acabe ouvindo seu filho dizer que você não tem imaginação.

Todas as gerações passam por situações semelhantes. Essas diferenças são importantes no crescimento e na formação da identidade de cada pessoa.

Brigas cinematográficas

As dificuldades de relacionamento entre um adolescente e seu pai também foram retratadas no filme Bicho de sete cabeças. *Nele, o jovem Neto vive uma fase de agitação e rebeldia comum à adolescência. Seu comportamento provoca a ira do pai autoritário, que tenta controlar a vida do filho de qualquer maneira.*

A falta de entendimento aumenta e leva o pai a cometer uma atitude cruel: internar o rapaz em um manicômio. O filme norte-americano Sociedade dos poetas mortos *também explorou o assunto ao mostrar um pai que proíbe o filho de ser ator, pois quer que ele se torne médico.*

Em *Bicho de Sete Cabeças* (2000), Rodrigo Santoro vive Neto, um adolescente que, depois de brigas violentas com o pai, acaba sendo internado em um manicômio.

História

Voar, como os pássaros

Você já parou para pensar como é estranho o homem, um animal bípede e sem asas, querer voar? Pois esse desejo humano é antigo...

No século XV, o gênio italiano Leonardo da Vinci chegou a construir asas de vários tipos que imitavam os pássaros. Ele as testava usando seus assistentes. Da Vinci os jogava do alto de um monte, eles batiam as asas, mas acabavam se arrebentando no chão. Ele até inventou uma espécie de amortecedor para diminuir o impacto da queda. Foi dele também o primeiro projeto de um helicóptero, com hélices movidas por molas.

Cerca de 300 anos depois, o homem chegou mais perto do céu com a invenção do balão de ar quente dos irmãos Montgolfier.

Em 1903, outros irmãos, os Wright, usaram uma catapulta para lançar um avião por 40 metros nos Estados Unidos. Foi uma invenção importante. Mas o principal marco da aviação moderna é do brasileiro Santos Dumont. Seu avião, o 14-Bis, voou nos céus de Paris, em 1906. Foi a primeira vez que se controlou uma máquina mais pesada que o ar, capaz de decolar sozinha, exatamente como fazem os aviões hoje.

O brasileiro que flutuava: diante da comissão do Aeroclube da França, Santos Dumont fez o primeiro voo documentado da aviação.

Asas da imaginação

Nem todos precisaram quebrar a cabeça (às vezes de verdade) para conseguir voar. Perseu, herói da mitologia grega, decolava montado em Pégaso, um cavalo com asas. Também na mitologia grega, Dédalo e Ícaro eram pai e filho que voaram com asas feitas de cera de abelha e penas de pássaros. O final não foi feliz: Ícaro se entusiasmou e chegou até perto do Sol. O calor derreteu a cera e ele morreu na queda.

O pintor russo Marc Chagall deixou sua imaginação voar quando criou *Sobre a cidade*, obra de puro lirismo, em que um casal flutua apaixonadamente no céu.

Rádio no Brasil

Nas ondas do rádio

Na época em que o tio Isaías flutuava, o rádio era o principal meio de comunicação do país. Mas você sabe quando os brasileiros começaram a dar ouvidos para esse aparelho?

O primeiro programa de rádio no Brasil foi ao ar no dia 7 de setembro de 1922, no Rio de Janeiro, então capital federal, durante as comemorações do centenário da Independência. Os donos dos oitenta – isso mesmo, só oitenta! – aparelhos de rádio e mais seus vizinhos, parentes e colegas ouviram o discurso do Presidente Epitácio Pessoa e, depois, a ópera *O guarani*, de Carlos Gomes, transmitida do Teatro Municipal. Para os mais impressionados, parecia algo do outro mundo ouvir vozes e sons saindo de uma caixa!

Mas eles só teriam outro programa a partir de abril do ano seguinte, quando Edgard Roquette Pinto, considerado o pai do rádio brasileiro, fundou a Rádio Sociedade do Rio de Janeiro.

Você sabia?

Na década de 1940, a Rádio Nacional, do Rio de Janeiro, transmitia, diariamente, 14 radionovelas, além dos programas de auditório (tão concorridos quanto um show de rock hoje), concursos de calouros e canções de ídolos da época. Era um sucesso!

Emilinha Borba foi uma das maiores cantoras nos áureos tempos do rádio, nas décadas de 1940 e 1950. Nessa época, ficou famosa a rixa entre ela e a cantora Marlene. As duas disputavam o título de Rainha do Rádio.

Bertin e Vera Marchezi.

O TIO QUE FLUTUAVA • Moacyr Scliar

Enquanto tentava trazer o tio Isaías de volta para o chão, Marcos se apaixonou por Laura. Aí, foi a vez do garoto acabar ficando com a cabeça nas nuvens... E o filho do Marcos? Como será que ele reagiu a esta história avoada? Vamos refletir um pouco mais sobre o poder da imaginação e sobre as surpresas que o amor cria na vida de todos nós.

coleção

QUERO LER
Suplemento de Atividades

editora ática

Nome: ....

Ano: .... Ensino: ....

Escola: ....

todas as veias, traduzindo o arcaico e poderoso impulso que, desde o começo dos tempos, renasce periodicamente em cada ser humano." (p. 26-28)

O narrador diz que o importante é viver a experiência do amor, seja na realidade, seja na imaginação. Em uma folha à parte, escreva um texto curto, em primeira pessoa, contando a história de uma paixão à primeira vista. Pode ser real ou imaginária. E não se esqueça de enriquecer seu texto com detalhes descritivos!

■ PERGUNTANDO E DESCOBRINDO

4. No fim do livro, o narrador faz a seguinte pergunta: "Mas afinal, você deve estar se perguntando, o que é verdadeiro dessa história toda?" (p. 78). O que você acha? Escreva nas colunas ao lado dois aspectos que você considera reais ou imaginários na história contada.

5. No exercício anterior, você apontou a sua visão sobre as "verdades" e "mentiras" contadas no livro. Agora, compare o que você escreveu com o que o narrador diz sobre quem acredita e quem não acredita na história (p. 79). Pensando nas classificações dadas pelo narrador, responda:
Como você se classifica em relação à história de *O tio que flutuava*? Crédulo ou cético? Por quê?

....

....

....

....

....

....

■ **ASSOCIANDO E INTERAGINDO**

6. "[...] E se nunca mais vivi aquele instante mágico, vivi outros instantes que, não mágicos, me deixaram igualmente feliz. O momento em que..." (p. 74)
Complete o texto acima escrevendo sobre algum *instante mágico,* ou mesmo *não mágico*, que tenha acontecido e deixado você feliz.

....

....

....

....

....

7. Como você explicaria a frase de Guimarães Rosa usada como epígrafe por Moacyr Scliar neste livro: "Quem quer viver, faz mágica"?

....

....

....

....

....

■ VENDO E ENTENDENDO

I. Localize no seu livro a pintura *Sobre a cidade*, de Marc Chagall (seção "Quero mais"). Qual a relação entre a pintura e a história que você acabou de ler?

....

....

....

....

....

....

2. Podemos usar linguagens diferentes para expressar o que pensamos ou sentimos. Chagall utiliza a pintura; Moacyr Scliar, a linguagem verbal. Assinale com um X os trechos do livro de Scliar que, na sua opinião, traduzem melhor o efeito produzido pela pintura de Chagall:

A ( ) "Esta é uma história de primavera. É um lugar-comum associar o amor à primavera, mas aqui não se trata disso. Trata-se do vento." (p. 6)

B ( ) "E é possível que o vento da primavera tenha trazido, de longe e do passado, essa visão maravilhosa, esse sonho de um amor impossível, de um amor suspenso entre o céu e a terra." (p. 8)

C ( ) "... se mirasse cuidadosamente o esposo, de cima a baixo, talvez notasse que as solas de seus sapatos já não tocavam o solo. Em outras palavras, que meu tio flutuava no ar." (p. 9)

D ( ) "... a rapidez com que agora deslizava pelas ruas devia-se nada mais, nada menos, ao sopro do vento da primavera. Meu tio sempre foi um homem magrinho. Fácil de conduzir." (p. 9)

■ IMAGINANDO E ESCREVENDO

3. Leia o trecho abaixo com atenção:

"(...) Um dia uma garota olhará para você; e será um choque, aquela coisa eletrizante que é a descoberta. Grandes olhos, linda boca, porte altivo – mas que importa descrever? O importante é o que estará acontecendo com você; uma experiência única, capaz, ela só, de dar sentido à nossa existência. Você ficará imóvel; e sentirá seu sangue latejando em

Rio Grande do Sul

Lugar bonito, tchê!

Você já deve ter ouvido falar que quem nasce no Rio Grande do Sul é gaúcho. Mas o gaúcho típico – que usa bombacha (calças largas) e toma chimarrão – mora nas fazendas do pampa, a grande planície que foi cenário de histórias e lendas da região. Ele descende dos espanhóis, portugueses, negros e índios que viveram ali há bastante tempo. É mestre na arte do churrasco e nas danças do fandango, um baile típico, em que se bebe vinhos produzidos nas colinas da serra gaúcha, em Caxias do Sul, Farroupilha, Garibaldi, Flores da Cunha e Monte Belo.

Na serra também ficam as cidades de Gramado e Canela, uma famosa pelo chocolate e outra, pela cascata do Caracol, o ponto turístico mais visitado do estado, no meio de um parque ecológico onde vive o lobo guará. Entre a serra e o mar, existe um verdadeiro colar formado por mais de 50 lagoas que se interligam por rios e canais.

A capital, Porto Alegre, fica à beira de um rio, o Guaíba. Plana e sossegada, é perfeita para passear a pé ou de bicicleta, com ruas e calçadas largas e limpas e muitos cafés, praças e livrarias.

De queimar a língua

O gaúcho do pampa tem o hábito de tomar chimarrão, chá de erva-mate, em uma cuia de madeira com um canudo (bomba) de prata. Servida diante do fogo, a cuia passa de mão em mão – e não se deve cometer a indelicadeza de recusar: o chimarrão, servido bem quente, é símbolo de hospitalidade.

Você sabia?

O minuano é um vento frio e seco do inverno, típico do pampa gaúcho, que "assobia" forte – quem não está acostumado até se assusta.

Carregamento de uvas para fabricação de vinho em Bento Gonçalves: o estado do Rio Grande do Sul é o maior produtor da bebida no país.

Literatura juvenil

Para todos

O que será mais fácil: escrever para jovens ou para adultos? A resposta não é simples, pois depende do gosto e da habilidade do escritor. Porém, uma coisa é certa: poucos são os autores que conseguem a proeza de fazer sucesso com leitores de todas as idades.

Moacyr Scliar é um desses raros casos. Seu texto fluente consegue se adaptar para contar aventuras, como as de Marcos e seu tio flutuante, ou até lidar com temas mais sérios.

Essa "ginga" de Moacyr foi também uma qualidade de seu mestre, Érico Veríssimo, escritor inovador que criou épicos como a trilogia *O tempo e o vento* (1949/62) e obras como *As aventuras de Tibicuera* (1937), para os leitores mais jovens.

O paulista Marcos Rey é outro brilhante exemplo de autores que alcançam êxito entre leitores de gerações diferentes. Por muito tempo, ele se dedicou à literatura adulta, preferindo falar do lado marginal das cidades grandes. Seu primeiro sucesso juvenil veio com *O mistério do cinco estrelas* (1980). Depois disso, uma enxurrada de títulos, principalmente da série Vaga-Lume, consagraram seu nome para o público juvenil.

José Paulo Paes

E na poesia...

Entre os poetas que falam a corações de todas as idades, destacam-se o paulista José Paulo Paes e o carioca Vinícius de Moraes. José Paulo Paes já havia escrito muitas obras para os adultos, quando criou Olha o bicho *(1984), livro infantil que traz uma série de poemas sobre a fauna brasileira. Vinícius de Moraes foi, além de poeta, compositor e músico. Para crianças, ele criou versos divertidos, reunidos em obras como* A arca de Noé *(1970).*

Edmundo Donato era o nome de batismo de Marcos Rey, um dos escritores mais lidos do Brasil. Seus 42 livros venderam cerca de seis milhões de exemplares.